Sumário

Introdução

O médico e o monstro: um estranho caso

VICENTE CECHELERO

Uma das novelas mais perfeitas da literatura universal, *O médico e o monstro* é a obra-mestra do escritor escocês Robert Louis Stevenson (1850-1894), até então conhecido por seus romances e contos de aventuras e/ou policiais, como os célebres *A ilha do tesouro*, *As novas noites árabes* (ou *O clube dos suicidas*), *O raptado* e outros. Nasceu de um pesadelo que Stevenson teve.

O sucesso unânime que tem gozado junto ao público e à crítica, desde a sua publicação (1886), deve-se às inegáveis qualidades estéticas reveladas em *O médico e o monstro*: forte clima de apreensão, suspense, terror e uma enorme perplexidade final, elementos que garantem a atenção do leitor do começo ao fim. Tudo costurado com uma linguagem supereficiente.

A prosa rica e sutil de Stevenson dá à história um profundo sentido de beleza literária e tensão. Perfeito casamento entre técnica e arte, imaginação e estilo, coerência ética e ourivesaria estética. Somente os escritores vitorianos conseguiram alcançar esses resultados artísticos, como Chesterton, De Quincey, Carroll e alguns outros. A prosa norte-americana é factual, pragmática no relato dos fatos, enquanto os britânicos narram fatos e *strange cases* ou *queer trades* com suprema habilidade, sempre temperando o relato com a mais fina reflexão crítica, ainda que ao seu modo empírico.

Em *O médico e o monstro*, obra que tanto fascinou a Borges, toda a moralidade vitoriana e calvinista parece não represar a emergência ou irrupção do real, da coisa, do mal, do primitivo que Stevenson tanto conhecia de suas viagens pelo mundo, do pecado via sensualidade *lato sensu* (nem pensemos em Lewis Carroll, Oscar Wilde, Virginia Woolf ou James Joyce), no erotismo reprimido, no sensacionalismo criminal, que povoam a arte literária vitoriana. Realiza-se, nessa literatura, um deslocamento ou uma transferência, por assim dizer, da sensualidade amorosa para a criminosa, violando a tênue (ou interseccionada) fronteira entre Eros e Tânatos.

Observemos aí o efeito *Doppelgänger*, da duplicidade, cuja operação mágica está pautada no espelho (como em Borges), ao emergir do *unheimlich* ou insólito conforme foi estudado por Freud ao analisar Hoffmann. Em Stevenson há um tecido linguístico, além do físico factual na relação das personagens: Jekyll é um médico reputadíssimo, um cavalheiro, pode amar e pode matar (*I kill* está embutido em seu nome), enquanto Hyde vive escondido (*hidden*), podendo matar e amar igualmente. Conjuntos interseccionados.

Como diz a crítica Rosemary Jackson (*Fantasy: the Literature of Subversion*), ao examinar essa parábola do dualismo que é *O médico e o monstro*: "O outro lado do humano retorna para ativar tendências libidinais latentes escondidas pelo ego social. Isto exemplifica a teoria de Freud da narrativa fantástica como o relato de um retorno do reprimido: Hyde pode preencher os desejos de Jekyll de furtar, amar, ser violento". Acrescenta que a fantasia de Stevenson neste livro "é muito mais que uma alegoria do bem e do mal em guerra um com o outro. O próprio texto chama a atenção para o 'mal' como uma categoria moral relativa, como uma noção imposta sobre a desordem natural. Jekyll, operando seu 'experimento enquanto está sob o domínio', é alertado para o mundo do outro lado do espelho porque ele lhe oferece um infinito número de 'eus'. Ele

O MÉDICO E O MONSTRO

Robert Louis Stevenson

TEXTO INTEGRAL

TRADUÇÃO:
CABRAL DO NASCIMENTO

A ORTOGRAFIA DESTE LIVRO FOI ATUALIZADA SEGUNDO O ACORDO ORTOGRÁFICO DA LÍNGUA PORTUGUESA (1990), QUE PASSOU A VIGORAR EM 2009.

COLEÇÃO A OBRA-PRIMA DE CADA AUTOR

O MÉDICO E O MONSTRO

Robert Louis Stevenson

TEXTO INTEGRAL

MARTIN CLARET

Título original: *The strange case of Dr. Jekyll and Mr. Hyde* (1886)

CONSELHO EDITORIAL
Martin Claret

PRODUÇÃO EDITORIAL
Taís Gasparetti

CAPA
Ilustração: Neftali / Shutterstock

MIOLO
Tradução: Cabral do Nascimento
Revisão: Rosana Citino / Saulo Krieger / Pedro Baraldi
Projeto gráfico: José Duarte T. de Castro
Editoração eletrônica: Editora Martin Claret
Impressão e acabamento: Paulus Gráfica

Dados Internacionais de Catalogação na Publicação (CIP)
(Câmara Brasileira do Livro, SP, Brasil)

Stevenson, Robert Louis, 1850-1894.
O médico e o monstro / Robert Louis Stevenson; tradução de Cabral do Nascimento. — São Paulo: Martin Claret, 2012. — (Coleção a obra-prima de cada autor; 42)

Título original: The strange case of Dr. Jekyll and Mr. Hyde.
"Texto integral"
ISBN 978-85-7232-844-9

1. Ficção 2. Literatura juvenil I. Cascioli, Mauro. II. Título. III. Série.

12-01619 CDD-028.5

Índices para catálogo sistemático:

1. Ficção: Literatura juvenil 028.5

EDITORA MARTIN CLARET LTDA.
Rua Alegrete, 62 – Bairro Sumaré – CEP: 01254-010 – São Paulo – SP
Tel.: (11) 3672-8144 – Fax: (11) 3673-7146
www.martinclaret.com.br / editorial@martinclaret.com.br
Impresso em 2012

vê a definição monista do caráter como limitada: o homem não é apenas dipsíquico, mas polipsíquico, infinitamente 'outro'". É a alteridade, enfim, de Pessoa, Unamuno, Borges...

O efeito *Doppelgänger* está presente como um estopim do que acaba minando o *establishment* ou *status quo* em que o homem socializado — civilizado, fossilizado nos costumes e na hipocrisia social — acaba por perder seu senso do natural, sua função sensual no ritmo da natureza, seu senso propriamente antropológico perdido no caminho da caverna até o palácio de Buckingham. Graças à intuição do artista, o escritor foi tão longe quanto Freud ao contemplar as hordas primitivas e recolher um indivíduo como representação para uma sociedade profundamente individualista.

Essa narrativa gótica e de forte teor impressionista influenciou extraordinariamente, com seu poderoso símbolo, a literatura, o cinema e o teatro deste século, derivando daí todo um *Kitsch*. Porém, somente o original de Stevenson encanta incondicionalmente. Praticamente imune ao cientificismo *fin-de-siècle*, o Stevenson anti-Zola com poucas pinceladas retrata a transformação.

Em *O médico e o monstro*, embora prodigalize o elemento psicológico, jamais a narrativa se sobrecarrega em detrimento da diversão estética. Para isso colaboram a conjetura, a hipótese, a observação detetivesca, o concerto-desconcerto das impressões das várias personagens que convergem para o clima de mistério. Trata-se de uma pintura à base de meios-tons, meias-verdades, meias-luzes, vozes polifônicas, o *fog* e o tom cinza da Londres evocando a velha Edimburgo de Stevenson até a diálise final: seja no comportamento do dr. Jekyll, nas suas palavras e mensagens escritas, ou nas impressões acerca do sr. Hyde apresentadas pelos que conseguem vê-lo. Aí está o clima premonitório da ambiguidade de *A volta do parafuso*, de Henry James, uma outra novela perfeita, que parte desse ponto. Porém, a sutileza culmina na linguagem impressionista, sensual, com que o dr. Jekyll descreve as suas sensações e juízos a respeito de Hyde. O depoimento final dessa personagem, aliás, resulta, sem dúvida, nas mais belas páginas descritivas estético-morais desse gênero. Só Kafka, embora com seu estilo alemão acintoso e chocante, expressionista, em *A metamorfose*, logrou ser tão perfeito. Stevenson, tão somente com este estranho caso do dr. Jekyll e do sr. Hyde, consagrou-se como um verdadeiro monstro sagrado da literatura universal. Vale dizer, de forma espantosa.

❖

O médico e o monstro

Capítulo 1

A história da porta

O advogado Utterson era um homem de fisionomia severa, que jamais se iluminava por um sorriso: frio, concentrado, de poucas palavras, reservado; magro, alto, parcimonioso e melancólico, porém, de certa maneira, simpático, apesar de tudo. Nas reuniões de amigos, e quando o vinho lhe agradava, brilhava-lhe no olhar qualquer coisa de extraordinariamente humano; qualquer coisa que, na verdade, não se exprimia por suas palavras e que falava não só na silenciosa manifestação do semblante, depois do jantar, mas, na maioria das vezes, e com eloquência, nos atos da sua vida. Austero consigo mesmo, bebia gim quando estava só, a fim de se penitenciar do seu gosto pelo vinho; e, embora adorasse o teatro, havia já 20 anos que não frequentava nenhum. Mas com os outros mostrava-se condescendente. Por vezes sentia admiração, quase inveja, por certos espíritos febrilmente embrenhados nos seus próprios delitos; e, em todos os casos, inclinava-se mais a ajudar que a censurar. "Inclino-me pela seita dos Cainitas", costumava dizer: "Deixo o semelhante degradar-se por si mesmo". Assim, a sorte transformava-o com frequência em último companheiro decente de alguns homens decaídos, ou na última influência favorável de criaturas envilecidas. Desse modo, sempre que vinham bater-lhe à porta, nunca mostrava a mais leve sombra de alteração nas suas atitudes.

Agir dessa maneira era fácil a Utterson, em razão de seu caráter extremamente sereno; e até as suas melhores amizades dir-se-iam também baseadas numa larga tolerância. É próprio do homem modesto aceitar a roda dos seus amigos do jeito que o destino lhe preparou. E assim acontecia com o advogado, pois os amigos ou eram consanguíneos, ou conhecidos bastante antigos. Os afetos, como a hera, cresciam com o tempo, e não em razão de propriedades particulares do objeto. Foi assim, certamente, que nascera o laço que o unia a Richard Enfield, seu parente afastado, muito conhecido na cidade. Muita gente se veria em dificuldades para explicar como é que esses dois podiam compreender-se, que espécie de interesses teriam em comum. Os que os encontravam naqueles passeios dominicais diziam que jamais abriam a boca, pareciam singularmente insípidos e almejavam com evidente ansiedade pela aparição de um outro amigo. Contudo, faziam ambos grandes preparativos para tais excursões, considerando-as a melhor coisa da semana e, para poder gozar sem transtornos, recusavam outros momentos de distração e negavam-se a atender a quaisquer visitas de negócios.

Aconteceu que, em um desses passeios, o acaso os conduziu a uma ruazinha de um bairro comercial de Londres. Era uma travessa estreita e sossegada, não obstante nela se fizessem negócios importantes nos outros dias da semana. Os moradores, ao que parecia, eram gente próspera e competiam entre si, cada qual querendo fazer ainda melhor, gastando o que sobrava em melhoramentos; e as fachadas das lojas exibiam-se ao longo da viela, com ar convidativo, como filas de sorridentes balconistas. Mesmo aos domingos, quando se encobrem os mais sedutores encantos, e o trânsito é quase inexistente, a rua brilhava, por contraste, na escuridão que a cercava, tal qual uma fogueira na espessura de um matagal; e com os seus taipais pintados recentemente, os metais polidos, limpeza geral e ar acolhedor, logo prendia e deliciava o olhar dos que passavam.

A dois passos de uma esquina, à esquerda de quem vai na direção do nascente, havia um desvio provocado pela abertura de um pátio; e exatamente nesse ponto avançavam sobre a rua os beirais do telhado de uma sombria construção de dois andares; não se lhe via janela, apenas uma porta no piso inferior, e por cima a testa sem olhos, que era aquela parede desbotada, mostrando os sinais de prolongada e sórdida negligência. A porta, sem campainha nem batente, estava empenada e suja. Os vagabundos agachavam-se no vão e riscavam fósforos nas saliências; as crianças brincavam nos degraus, os meninos da escola exercitavam o canivete nas cornijas, e por longo tempo ninguém apareceu para expulsar esses visitantes ocasionais ou para consertar os estragos que faziam.

Enfield e o advogado estavam do outro lado da ruazinha; mas, quando se acharam em frente da referida entrada, aquele ergueu a bengala e apontou:

— Você já observou aquela porta? — E, diante da resposta positiva do amigo, continuou: — Na minha mente a relaciono a uma história bastante singular.

— Realmente? — exclamou Utterson, com a voz levemente alterada — E qual é ela?

— Vou contar — disse Enfield. — Estava voltando para casa, por volta das três horas de uma manhã de inverno, vindo do extremo da cidade; e o meu trajeto por ela não me oferecia nada para ver, salvo lampiões; rua após rua, e toda a gente a dormir e tudo iluminado como para a passagem de um cortejo, e tão deserto como uma igreja, até que por fim entrei nesse estado de espírito em que se presta ouvidos ao menor som e se começa a desejar a presença de um policial. De repente, vi duas pessoas: um homem que marchava a passos largos, caminhando para a parte oriental, e uma menina que parecia ter entre oito e dez anos, que vinha correndo quanto podia, numa rua transversal. Pois, meu amigo, os dois foram naturalmente esbarrar um no outro, ao se encontrarem na esquina. E então sucedeu o mais horrível da história, porque o homem passou tranquilamente em cima da menina, deixando-a a gritar estendida no chão. Isso contado não é nada, mas, visto, foi uma cena diabólica. Não era bem um homem: parecia uma encarnação de algum demônio terrível. Soltei um grito, corri atrás dele e trouxe-o para o local, onde já havia se formado um grupo atraído pelo choro da criança. Ele mostrava-se perfeitamente insensível e não opôs a menor resistência, mas lançou-me um olhar tão horrível que eu comecei a suar frio. As pessoas do grupo pertenciam à própria família da vítima; e o médico, que haviam mandado chamar, chegou logo. A criança não estava muito mal, apenas aterrorizada, na opinião do médico, o que não era de espantar. Houve, porém, uma circunstância curiosa. Eu tinha logo antipatizado com o cavalheiro, assim como a família da menina, o que era, aliás, muito natural. Mas o caso do doutor impressionou-me. Era o tipo comum do médico: sem idade definida nem cor particular, com acentuada pronúncia de Edimburgo, e tão emotivo como uma gaita de fole. Pois bem, nesse momento, reagiu como qualquer um de nós. Sempre que olhava para o meu prisioneiro, tornava-se lívido e parecia desejoso de o matar. Li isso no seu pensamento, tão bem como ele leu no meu. Mas como o homicídio estava fora de cogitação, à falta disso dissemos ao desconhecido que podíamos e devíamos fazer tal escândalo, que o seu nome seria amaldiçoado de um extremo a outro de Londres. Se tinha amigos, ou gozava de consideração, garantimos-lhe que perderia tudo isso. E enquanto o submetíamos a essa tortura, tratávamos de protegê-lo das mulheres o melhor possível, pois elas estavam ferozes como harpias. Nunca vi um círculo de caras tão enfurecidas. O homem estava no centro, com uma espécie de indiferença sardônica, embora amedrontado, como dava para notar. Parecia o próprio Satanás.

— Se pretendem obter dinheiro deste acidente — disse ele —, não posso, naturalmente, esquivar-me. Qualquer cavalheiro desejaria evitar o escândalo. Digam o preço. — Estipulamos uma indenização de cem libras para a família da vítima. Sem dúvida, ele teria preferido eximir-se; havia, porém, em nós qualquer coisa que revelava nossas intenções belicosas; por fim concordou. Tratava-se agora de arranjar o dinheiro; e para onde julga que o homem nos arrastou? Para aquela porta!

Pegou uma chave, entrou e voltou depois com dez libras em ouro e um cheque contra o Banco Coutt's, pagável ao portador e assinado com um nome que não posso mencionar, uma vez que é um dos pontos principais da minha história; um nome, enfim, muito conhecido, que figura muitas vezes nos jornais. A soma era alta, mas a assinatura seria boa para quantia ainda maior se fosse autêntica. Tomei a liberdade de observar ao cavalheiro que o negócio parecia confuso; que ninguém entra, na vida real, às quatro da manhã, na porta de uma loja para voltar com um cheque de noventa libras assinado por outra pessoa. Mas ele estava perfeitamente à vontade, e até com ar zombeteiro. "Sossegue. Ficarei com o senhor até abrirem os bancos, e eu mesmo descontarei o cheque." Todos nos pusemos a caminho, o médico, o pai da menina, o desconhecido e eu, e passamos o resto da noite em minha casa. No dia seguinte, depois da primeira refeição, fomos os quatro ao banco. Eu mesmo apresentei o cheque, dizendo que tinha razões para acreditar em uma falsificação. Porém, não era nada disso. O cheque era autêntico.

— Hum... — murmurou Utterson.

— Sei que pensa como eu — continuou Enfield. — É verdade: é uma história deplorável. O tal sujeito era realmente odioso; e a pessoa que passou a ordem de pagamento, um modelo de virtudes, muito considerada e, o que é pior, seu amigo. Suponho que se trate de chantagem. Um homem honesto que paga um preço muito alto por delito da mocidade. Casa da Chantagem é, por isso, como eu designo o lugar onde há aquela porta. Ainda assim, como vê, isso está longe de explicar tudo — acrescentou Enfleld. E, dito isso, mergulhou em seus pensamentos.

Utterson chamou-o à realidade, perguntando-lhe bruscamente:

— E não sabe se o homem que emitiu o tal cheque reside ali?

— Lugar adorável, não acha? — replicou Enfield. — Mas não. Tomei nota do endereço. Mora numa certa praça.

— E não indagou quanto a essa porta? — inquiriu Utterson.

— Não, senhor. Tive essa delicadeza — respondeu o outro. — Custa-me muito fazer perguntas; é uma coisa que cheira a Juízo Final. Lança-se uma, e é o mesmo que arremessar uma pedra. Senta-se alguém, tranquilo, no alto de uma colina; e a pedra desprende-se, arrastando outras, e então algum pobre coitado, que estava tranquilamente descansando em seu jardim, é atingido na cabeça, e a família tem de fazer o enterro. Não, senhor; é uma regra que eu sigo: quanto mais vejo os outros em situações difíceis, menos perguntas faço.

— Excelente regra — concordou o advogado.

— Contudo, estudei o local por minha conta — continuou Enfield. — Dificilmente se poderia chamar de uma residência. Não tem outra porta, e ninguém entra nem sai por aquela, a não ser, vez ou outra, o cavalheiro da minha aventura. Tem três janelas que dão para o pátio, no primeiro andar. Nenhuma porta por baixo. As janelas estão sempre fechadas, mas limpas. Há também uma chaminé por onde sai fumaça, portanto alguém deve morar ali. Mas ainda assim não é absolutamente certo, porque os prédios são tão unidos em volta desse pátio que é difícil dizer onde acaba um e começa outro.

Os dois andaram algum tempo em silêncio.

— Enfield — disse então Utterson —, a sua norma é excelente.

— Assim me parece — confirmou Enfield.

— Mas por isso mesmo — continuou o advogado — há um ponto que quero esclarecer: queria perguntar-lhe o nome do indivíduo que atropelou a criança.

— Não vejo nenhum inconveniente nisso. Era um tipo chamado Hyde.

— Hum... E que espécie de homem ele parecia?

— Não é fácil descrever. Tinha algo de falso na aparência, muito de desagradável, alguma coisa de profundamente odioso. Nunca vi homem tão antipático, nem sei bem dizer a razão. Parecia ser vítima de alguma deformação: era a sensação que dava, ainda que não possa especificar em que parte do corpo.

Uma figura extraordinária, e, no entanto, não sei precisar de que maneira. Não, meu amigo, de modo nenhum. É-me impossível descrevê-lo. E não por falta de memória. Sou capaz de reconhecê-lo neste exato instante.

Utterson deu mais alguns passos em silêncio, evidentemente ocupado na sua meditação.

— Você está certo de que usava chave? — perguntou por fim.

— Meu caro senhor... — começou Enfleld, surpreendido e aturdido.

— Já sei, já sei — disse o outro. — Compreendo que pareça estranho. O fato é que, se não indago o nome do outro que assinou o cheque, é porque já descobri. Percebe, Richard? A sua pequena história acaba aqui... Se foi inexato em algum pormenor, será preferível corrigi-lo.

— Já o esperava — observou Enfield, com uma pontinha de mau humor. — Mas a verdade é que fui pedantescamente exato, como você diria. O homenzinho tinha a chave e ainda a tem. Vi-o fazer uso dela há não mais de uma semana.

Utterson suspirou profundamente e não disse uma palavra; e Enfield imediatamente recomeçou:

— Eis outra lição para saber calar-me. Tenho vergonha da minha língua demasiado comprida. Façamos a combinação de nunca mais nos referirmos a isto.

— Com todo o prazer — respondeu o advogado. — Você tem a minha palavra, Richard.

❖

Capítulo 2

Em busca do sr. Hyde

Nessa noite, Utterson regressou ao seu apartamento de solteiro, bastante preocupado, e sentou-se para jantar, mas sem apetite. Costumava, aos domingos, ao terminar a refeição, ficar ao lado da lareira, com algum árido volume de Teologia, até que o relógio da igreja próxima batesse meia-noite, quando ia, consolada e prudentemente, para a cama. Naquela noite, porém, logo que a mesa foi tirada, o advogado pegou uma vela e dirigiu-se para o escritório. Aí, abriu o cofre, tirou do compartimento mais secreto um envelope que continha o testamento do dr. Jekyll e sentou-se para analisar suas cláusulas, com a fisionomia carregada. Era um testamento escrito de próprio punho, porque Utterson, embora se encarregasse do documento depois de escrito, recusara prestar a mínima assistência à sua redação. O testamento dispunha não só que, no caso de falecimento de Henry Jekyll — doutor e sócio de muitas associações e entidades —, todos os seus bens passariam às mãos do seu "amigo e protegido Edward Hyde", além de também, na hipótese de que ele, Jekyll, desaparecesse ou se ausentasse inexplicavelmente por um período que excedesse três meses, o dito Edward Hyde deveria entrar na posse dos bens de Henry Jekyll, sem mais demora, livre de encargos ou obrigações, além do legado de certa importância aos criados do médico. Esse papel, durante muito tempo, fora o pesadelo do advogado: ofendia-o não só como jurista, mas como pessoa sã e sensata, para quem tudo o que fugia à tradição e à normalidade era coisa indecente. E, até ali, desconhecia quem fosse o sr. Hyde, que tanto o havia indignado; agora, por obra do acaso, entrava no seu conhecimento. Já era bastante ruim que se tratasse de um nome a respeito do qual não podia saber mais nada; mas ficava ainda pior quando esse nome aparecia revestido de execráveis atributos. E, em vez da névoa que lhe ocultava o mistério, surgia-lhe de repente aos olhos a figura clara de um demônio.

— Isto é uma loucura — disse ele, repondo no cofre o documento nefasto. — Começo a temer alguma desgraça.

Em seguida soprou a vela, vestiu o sobretudo e dirigiu-se para Cavendish Square, cidadela da medicina, onde seu amigo dr. Lanyon tinha consultório e recebia uma multidão de clientes.

"Se alguém conhece algo a respeito deste assunto, é com certeza Lanyon", pensou.

O empertigado mordomo reconheceu-o e desejou-lhe as boas-vindas. Não o fez esperar, levando-o diretamente à sala de jantar, onde o dr. Lanyon apreciava, solitário, o seu copo de vinho. Era pessoa cordial, saudável, animada, de faces robustas, cabelo prematuramente embranquecido e gestos decididos e impetuosos. Ao ver Utterson, saltou da cadeira e apertou-lhe ambas as mãos. A sua cordialidade habitual parecia um tanto teatral, mas baseava-se em sentimentos verdadeiros. Eram velhos amigos, colegas de escola e de faculdade, ambos perfeitos respeitadores de si próprios e do próximo e, o que nem sempre acontece, homens que se compraziam inteiramente na companhia um do outro.

Após pequena divagação, o advogado aludiu ao assunto que tão desagradavelmente o preocupava.

— Creio, Lanyon — começou —, que somos os dois mais velhos amigos de Henry Jekyll.

— Antes fôssemos os mais novos — disse a rir o dr. Lanyon. — Mas parece-me que sim. E a que propósito vem isso? Raramente o vejo agora.

— Verdade? Pensei que vocês tinham interesses comuns.

— Temos, mas há mais de dez anos Henry Jekyll se tornou misterioso para mim. Ele começou a trilhar por caminhos errados. E não obstante eu continuar naturalmente interessado por ele, atendendo à nossa amizade, poucas vezes o vejo. Foi alguma tolice pouco científica — concluiu o doutor, corando subitamente — que teria indisposto Dámon e Pítias.

A pequena explosão tinha grande significado para Utterson. "Discordaram em qualquer ponto da ciência", pensou ele; e, sendo pessoa de nenhuma paixão científica (exceto em matéria de escrituras), acrescentou ainda para consigo: "Nada pior do que isso". Deixou ao amigo o tempo de readquirir a compostura, e abordou o problema que o levara especialmente ali:

— Você ouviu falar de um seu protegido, um tal Hyde?

— Hyde? — repetiu Lanyon. — Não. Nunca ouvi esse nome.

Foram essas as informações que o advogado conseguiu trazer para o leito espaçoso e sombrio onde se remexeu de um lado para outro, até surgirem os primeiros clarões da manhã, cheio de dúvidas.

Bateram seis horas no sino da igreja que ficava muito convenientemente perto da casa de Utterson, e ele ainda continuava a debater-se com o problema. Até então o encarara apenas pelo lado intelectual; mas agora a imaginação incitava-o, ou melhor, dominava-o; e, enquanto estivera na cama, agitando-se no escuro da noite e do quarto sombreado pelas pesadas cortinas, a história que Enfield lhe contara voltou-lhe ao espírito como imagens projetadas em tela luminosa. Via-se à noite em cidade cheia de lampiões; um homem seguia velozmente; de outro lado vinha uma criança, da casa do médico; os dois chocavam-se, e o demônio humano pisoteava a menina, sem atender aos seus gritos. Ou então era um quarto numa casa luxuosa, onde o amigo Jekyll dormia, sorrindo no meio do sonho: a porta abria-se, as cortinas da cama eram violentamente arrancadas, o dorminhoco acordava, e, pronto!, ao seu lado estava um vulto possuído de poderes demoníacos;

e, àquelas horas mortas, devia ele se levantar e cumprir determinadas ordens. Essa figura, nas suas duas fases sucessivas, apareceu ao advogado durante a noite inteira; e se, em alguns momentos, chegou a passar pelo sono, foi só para a ver deslizar furtivamente através das casas silenciosas, ou mover-se cada vez mais rápida, vertiginosamente, por extensos labirintos de uma cidade iluminada, e em todas as esquinas esmagar uma criança, abandonando-a sem socorro. O vulto, porém, não tinha rosto pelo qual pudesse ser reconhecido; não, não o tinha em nenhum dos sonhos, ou então o escondia, ou se diluía quando ele procurava fixá-lo. E foi assim que nasceu e se desenvolveu depressa, na mente do advogado, uma curiosidade singular e forte, quase desordenada: conhecer o rosto do verdadeiro Hyde. Se conseguisse vê-lo pelo menos uma vez, parecia-lhe que o mistério seria esclarecido e desvendado claramente, como acontece com as coisas misteriosas quando bem examinadas. Talvez pudesse compreender a estranha preferência ou escravidão (chamem-na como quiserem) do seu amigo Jekyll e também essas aterradoras cláusulas do testamento. Seja como for, devia ser um rosto que valeria a pena ver; o rosto de um homem desumano e cruel; e que, ao mostrar-se ao impressionável Enfield, produzira neste tão duradouro sentimento de aversão.

Desde então, Utterson começou a rondar a porta daquela ruazinha cheia de lojas: de manhã, antes de abrirem as lojas, de tarde, em plena atividade comercial; de noite, sob o enevoado luar citadino. Em todas as horas — de quietude ou movimento — lá estava o advogado, sempre no seu posto de observação.

— Se ele é o sr. Hyde — pensava —, eu serei o sr. Seek...[1]

Por fim a paciência de Utterson foi premiada. A noite estava clara e seca. O ar estava gelado, as ruas pareciam brilhantes como um salão de baile. Os lampiões, que nenhum vento açoitava, projetavam, imóveis, as suas faixas de luz e de sombra.

---

[1] Jogo de palavras com os verbos *to hide* (ocultar) e *to seek* (procurar). (N. do T.)

Às dez horas, quando as lojas estavam todas fechadas, a rua parecia deserta, e, a despeito do ruído de Londres em redor, ali o silêncio reinava. Mais além ouviam-se ruídos vagos; sons domésticos partiam das casas, no outro lado do caminho; e o ruído de qualquer passante precedia-o com grande antecipação. Utterson estava já há alguns minutos no seu posto quando percebeu uns passinhos estranhos que se aproximavam. No decorrer das suas rondas noturnas, havia-se acostumado ao efeito curioso dos passos de um transeunte, ainda a grande distância, mas que subitamente se destacavam do vasto burburinho da cidade. Porém, sua atenção não havia sido antes estimulada assim tão decisivamente; e foi com grande esperança de sucesso que se colocou logo na abertura do pátio.

Os passos se fizeram notar com maior nitidez e se tornaram mais fortes, subitamente, ao aproximarem-se do extremo da rua. O advogado, espreitando do esconderijo, logo viu com que espécie de homem teria de lidar. Era baixo e vestia-se com simplicidade. Encaminhou-se diretamente para a porta, cortando o caminho para o abreviar, e ao mesmo tempo tirava uma chave do bolso, como alguém que fosse entrar na própria casa.

Utterson deteve-o, tocando-lhe no ombro:

— É o sr. Hyde, estou certo?

Hyde recuou, com a respiração entrecortada. Mas o susto foi rápido; sem encarar o interlocutor, respondeu friamente:

— Sou eu mesmo. Que deseja?

— Vejo que vai entrar — respondeu o advogado. — Sou velho amigo do dr. Jekyll... Utterson, de Gaunt Street... já deve ter ouvido falar de mim. Aproveitando a ocasião, pensei que talvez pudesse me convidar para entrar...

— Não encontrará o dr. Jekyll em casa — replicou Hyde, com a chave na mão. — Saiu. — E de súbito, mas ainda sem olhar para o advogado, disse: — Como é que me reconheceu?

— Talvez — disse Utterson — pudesse me fazer um favor?

— Com prazer. Do que se trata?

— Poderia deixar-me ver seu rosto?

Hyde pareceu hesitar. Depois, como por uma repentina

resolução, ficou defronte do outro com ar de desafio. Os dois olharam-se com firmeza durante alguns instantes.

— Agora poderei reconhecê-lo — disse Utterson. — Poderá ser-me útil.

— Certamente — volveu Hyde. — Ainda bem que nos encontramos; e, a propósito, talvez queira o meu endereço. — E deu-lhe certo número de uma rua no Soho.

"Santo Deus, ter-se-ia também lembrado do testamento?", pensou Utterson. Mas guardou para si o pensamento e apenas resmungou algumas palavras de agradecimento.

— Mas gostaria muito de saber — disse o outro — como é que me reconheceu.

— Pela descrição que me fizeram.

— E quem me descreveu?

— Temos amigos comuns.

— Amigos comuns! — repetiu Hyde, um tanto rouco. — Quem são eles?

— Jekyll, por exemplo — respondeu o advogado.

— Ele nunca lhe diria nada — declarou Hyde, num ímpeto de cólera. — O senhor, sem dúvida, mente.

— Ora, mas isso não é linguagem que se empregue — disse Utterson.

Hyde desatou em uma gargalhada selvagem e, sem mais demora, com extraordinária vivacidade, abriu a porta e desapareceu no interior da casa.

Durante algum tempo, o advogado continuou ali parado, cheio de inquietação. Depois começou a subir a rua lentamente, parando de vez em quando, levando a mão à testa como alguém que se sente perplexo. O problema que vinha ruminando enquanto caminhava pelas ruas era daquela espécie dos que só raramente se resolvem. Hyde era pálido e baixo, dava a impressão de alguma deformidade sem, todavia, se poder indicar onde e tinha um sorriso desagradável. Comportara-se perante o advogado com um misto aflitivo de timidez e arrogância; a voz era áspera, sibilante e, de certa maneira, irregular: tudo lhe era desfavorável. Mas nada disso seria suficiente para explicar a repulsa e o temor que Utterson sentia por ele. "Deve existir alguma coisa mais", matutava embaraçado. "Há mais alguma coisa, embora eu não saiba como a classificar. Deus me perdoe, mas o homem não parece humano! Meio troglodita, eu diria. Ou a velha história do dr. Fell? Ou será a simples irradiação de uma alma hedionda, que assim transpira, e transfigura, no corpo a que pertence? É o que me parece, pois, meu pobre Henry Jekyll, se eu jamais vi a marca do diabo estampada na face de um homem, ela está com certeza na do seu novo amigo!"

Além da esquina da travessa estendia-se um largo de belos e antigos edifícios, agora decadentes, sem o antigo esplendor e transformados em quartos de aluguel para homens de todas as espécies e condições, desenhistas, arquitetos, advogados obscuros, agentes de negócios duvidosos. Uma casa, entretanto, a segunda a contar da esquina, estava inteira ocupada por um só inquilino; na porta, com aspecto de riqueza e conforto, embora mergulhada em escuridão, exceto pela luz do lampião, havia uma claraboia. Utterson parou e bateu. Veio abri-la um criado velho, bem-vestido.

— Poole, o dr. Jekyll está em casa? — perguntou.

— Vou verificar, sr. Utterson — respondeu Poole, conduzindo a visita, enquanto falavam, por um vestíbulo confortável, amplo, de teto baixo, lajeado, e aquecido, conforme se usa nas casas de campo, por uma grande lareira, e mobiliado com ricos móveis de carvalho.

— Quer esperar aqui perto do fogo? Ou prefere que acenda a luz na sala de jantar?

— Aqui mesmo, obrigado.

Aproximou-se do lume, apoiando o braço no alto da lareira. Esse vestíbulo, onde agora se via só, era o preferido de seu amigo médico, e o próprio Utterson tinha o costume de se referir a ele como o recanto mais acolhedor de Londres. Nessa noite, porém, fervia-lhe o sangue: o rosto de Hyde não lhe saía do pensamento, e sentia, o que era raro, náusea e desgosto pela vida. Na sua perturbação parecia-lhe ler ameaças nos reflexos trêmulos que a luz do fogo punha sobre as estantes polidas e na inquieta ondulação da sombra no teto do quarto. Sentiu-se envergonhado dos seus terrores quando Poole voltou pouco depois, informando que o dr. Jekyll tinha saído.

— Vi o sr. Hyde transpor a porta do velho laboratório, Poole. Isso está correto, uma vez que o dr. Jekyll está ausente?

— Perfeitamente — respondeu o criado. — O Sr. Hyde possui uma chave.

— Parece que seu patrão tem muita confiança nesse sujeito — comentou o advogado, pensativo.

— Sim, senhor, é verdade — disse Poole. — Temos ordem para lhe obedecer em tudo.

— Não sei se já me encontrei com o sr. Hyde alguma vez...

— Com certeza, não. Ele nunca janta aqui — informou o mordomo. — A verdade é que poucas vezes o vemos deste lado da casa. Geralmente, entra e sai pelo laboratório.

— Está bem, Poole, boa noite.

— Boa noite, sr. Utterson.

O advogado voltou para casa de coração pesado. "Pobre Henry Jekyll", pensava, "tenho o pressentimento de que está em maus lençóis! Quando jovem era estouvado. Certamente já se passaram muitos anos, mas na lei de Cristo não há prescrição. Sim, deve ser isso: o fantasma de algum antigo pecado, o câncer de alguma desgraça oculta; o castigo chega, *pede claudo*,[2] anos depois de a memória ter esquecido e quando o amor-próprio perdoou a ofensa." E Utterson, horrorizado com esse pensamento, começou a esquadrinhar o próprio passado vasculhando todos os cantos da memória, com medo de que algum pecado antigo surgisse de repente, exigindo expiação. Tinha um passado verdadeiramente irrepreensível; poucos homens poderiam ler os arquivos da própria vida com menos apreensão. Ainda assim penitenciava-se do mal que fizera e agradecia a Deus, grave e temente, por aquilo que pudera

---

[2] *Pede claudo*: coxeando. (N. do E.)

evitar, depois de ter estado tão perto de fazer. Voltando então ao assunto anterior, vislumbrava um pouco de esperança. "Se alguém estudasse o sr. Hyde", pensava, "talvez descobrisse muitos segredos: segredos sinistros, como a sua cara; comparados com esses, os piores do desgraçado Jekyll seriam luminosos como o sol. As coisas não podem continuar assim. Tenho arrepios só em pensar nessa criatura a insinuar-se como um ladrão na intimidade de Henry. Pobre Henry, que perigo está correndo! Se Hyde suspeitar da existência do testamento, há de ter pressa em tomar posse da herança. Tenho de pôr mãos à obra... se Jekyll me deixar."

E mais uma vez lhe vieram ao espírito, claras e transparentes, as estranhas cláusulas daquele testamento.

❖

Capítulo 3

O dr. Jekyll está perfeitamente à vontade

Por uma feliz coincidência, 15 dias depois o dr. Jekyll ofereceu um dos seus excelentes jantares a uns seis velhos amigos, pessoas inteligentes e respeitáveis, apreciadoras do bom vinho. Utterson arranjou um jeito de ficar, depois de os outros se retirarem. Isso não era incomum; até acontecia muitas vezes. Onde era convidado, Utterson era também desejado. Os donos da casa retinham o austero advogado, quando os levianos e os indiscretos já iam no limiar da porta. Gostavam de sentar-se mais um pouco em sua discreta companhia, fruindo de sua serenidade, acalmando-se à sombra silenciosa daquele homem, depois dos excessos da alegria ruidosa e esgotante. Jekyll não constituia exceção a essa regra entre os anfitriões. Era um homem grande, bem proporcionado, de rosto liso, beirando os 50 anos, com expressão, talvez, um tanto astuta, porém aparentando bondade e inteligência. E pelo seu olhar, bem visível pois estava bem em frente da lareira, podia-se perceber que nutria pelo amigo Utterson a mais sincera afeição.

— Desejava falar-lhe, Jekyll. Você se recorda daquele seu testamento?

Um observador perspicaz teria notado que o tema da conversa era desagradável ao médico, contudo este levou o caso para a brincadeira.

— Meu bom Utterson — disse ele —, você não teve sorte

com um cliente como eu. Nunca vi ninguém mais aflito do que você por causa do meu testamento. A não ser esse pedante livresco do Lanyon, que classificou a minha ciência de heresia. Oh, bem sei que ele é meu amigo... não precisa franzir a testa... um amigo excelente, e eu sempre estou dizendo que gostaria de vê-lo com mais frequência; mas pedante, em suma. Um ignorante que não fica calado. Ninguém me decepcionou tanto como Lanyon.

— Sabe que nunca aprovei... — prosseguiu Utterson, voltando impiedosamente ao assunto.

— O meu testamento? Ah, sim, sei perfeitamente — replicou o médico, com certo azedume. — Você já me falou a esse respeito muitas vezes.

— Pois torno a dizer — continuou o advogado. — Tenho informações sobre Hyde.

O rosto afável do dr. Jekyll empalideceu, e até os lábios descoraram. As olheiras acentuaram-se.

— Não quero ouvir nem uma palavra sobre isso. É assunto que nós combinamos deixar de lado.

— Mas é abominável o que me contaram — insistiu Utterson.

— Isso não muda nada. Não compreende a minha situação — replicou o médico, com certa incoerência. — Estou em situação desagradável, Utterson. É muito singular, imensamente estranha. Um desses casos que não se consertam com palavras.

— Jekyll, você me conhece. Sou pessoa em quem se pode ter confiança. Confessando, a consciência fica mais leve. E garanto que posso tirar você da dificuldade.

— Meu bom Utterson, é bondade da sua parte, e não tenho palavras para externar meu agradecimento. Acredito totalmente em você. Tenho maior confiança em você do que em mais ninguém deste mundo... além de mim, é claro. Mas, acredite, não é o que você está imaginando. Não é tão ruim assim. E para tranquilizar seu coração, vou dizer só uma coisa. Sempre que eu quiser, posso livrar-me do sr. Hyde. Dou a minha palavra de honra. E mais uma vez, muito obrigado. Ainda uma palavrinha, Utterson, que estou certo que você respeitará: esse é um assunto particular, e peço-lhe que não toque mais nisso.

Utterson refletiu um momento, com os olhos postos no lume.

— Não duvido do que me diz — declarou ele por fim, pondo-se de pé.

— Sim, mas já que tocamos nesse assunto, e pela última vez, espero — continuou o médico —, que haja um ponto em que nos entendamos. Tenho realmente muito interesse por esse infeliz Hyde. Sei que conversou com ele. Ele me contou. E receio que tenha sido grosseiro. Mas a verdade é que me interesso extraordinariamente pelo rapaz. E se eu morrer, Utterson, quero que me prometa que o defenderá e fará valer os seus direitos. Sei que, se você soubesse de tudo, não hesitaria em atender ao meu desejo. E, se você prometer isso, vai me tirar um peso da consciência.

— Não posso afirmar que passarei a gostar dele — disse o advogado.

— Não peço tanto. — E Jekyll pôs a mão no ombro do amigo: — Peço apenas que seja justo; unicamente que o ajude, em consideração a mim, quando eu não estiver mais neste mundo.

Utterson não pôde conter um suspiro.

— Está bem, prometo.

❖

Capítulo 4

O caso do assassinato de *Sir* Danvers Carew

Tempos depois, no dia 18 de outubro, Londres foi abalada pela notícia de um crime de incomum ferocidade, tornado ainda mais notável pela elevada posição social da vítima. Os pormenores eram poucos, porém aterradores.

Uma criada, que estava só em casa, não longe do rio, recolhera-se ao quarto para se deitar, por volta das 23 horas. Embora a névoa tivesse envolvido a cidade no começo da noite, mais tarde o céu ficou limpo de nuvens, e a pequena rua para a qual dava a janela do quarto da criada estava brilhantemente iluminada pela lua cheia. Parece que se tratava de uma pessoa de natureza romântica, pois ficou sentada à janela, divagando, mergulhada em sua fantasia. Nunca — dizia ela, desfazendo-se em lágrimas, ao narrar aquela experiência —, nunca sentira tanta paz à sua volta nem acreditara tanto na bondade das coisas deste mundo.

Enquanto estava assim sentada, despertou-a a passagem no caminho de um senhor de idade, de boa aparência e cabelos brancos. Caminhando ao seu encontro, dirigia-se um sujeito baixo, a quem ela, à primeira vista, não prestou atenção. Quando os dois ficaram perto um do outro — exatamente sob os olhos da testemunha —, o mais velho inclinou-se e cumprimentou o outro de forma cortês.

Não parecia que o assunto da conversa fosse de grande importância; de fato, da parte daquele, dir-se-ia que apenas pedia esclarecimentos quanto ao trajeto. Mas o luar iluminou sua face enquanto ele falava, e a rapariga deteve-se, com agrado, a observá-lo. Dir-se-ia emanar daquele rosto inocência e bondade, embora com certa dose de arrogância e confiança íntima.

De repente ela pousou os olhos no outro e reconheceu, surpreendida, um certo sr. Hyde, que uma vez fizera visita ao patrão e com quem ela logo antipatizara. Tinha na mão uma bengala, com a qual brincava. Não respondeu sequer uma palavra e parecia escutar com mal contida impaciência. Então, repentinamente, explodiu em um violento ataque de cólera, batendo o pé no chão, brandindo a bengala e agindo como um louco, segundo disse a moça. O velho recuou um passo, bastante assombrado e um tanto ofendido. Aí o agressor perdeu completamente o domínio de si e lançou o outro no chão. No mesmo instante, com ferocidade simiesca, pisoteou sua vítima, descarregando-lhe uma chuva de pancadas, sob a qual se ouvia quebrarem-se os ossos e o corpo bater sobre a calçada. Com o horror deste espetáculo, a criada perdeu os sentidos.

Eram duas horas quando recobrou a consciência e chamou a polícia. Havia muito que o assassino fugira; deixara a vítima no meio do caminho, mutilada de modo inacreditável. A bengala, com a qual fora cometido o crime, embora fosse de madeira muito pesada e dura, quebrara-se em duas com a força daquela incompreensível crueldade. Um dos pedaços rolara para a sarjeta próxima; o outro, sem dúvida, fora levado pelo assassino. Com a vítima foram encontrados uma bolsa com dinheiro e um relógio de ouro, entretanto não havia cartões de visita nem documentos, apenas um envelope selado e fechado, que provavelmente pretendia pôr no correio, e no qual havia o nome e o endereço do sr. Utterson.

Essa carta foi entregue ao advogado na manhã seguinte, antes que ele se levantasse. Mal a viu e ouviu contar as circunstâncias em que fora encontrada, solenemente declarou:

— Não posso dizer nada antes de ver o cadáver. Isso pode

ser de muita gravidade. Tenham a bondade de esperar, enquanto me visto.

Com a mesma expressão preocupada, almoçou rapidamente e dirigiu-se à delegacia de polícia, para onde o cadáver havia sido transportado. Tão logo entrou, acenou afirmativamente com a cabeça:

— Reconheço-o — disse. — Lamento informar que se trata de *sir* Danvers Carew.

— Santo Deus — exclamou o funcionário —, será possível? — E logo os seus olhos brilharam de ambição profissional. — Esse caso vai fazer um barulho dos diabos. Talvez o senhor possa nos ajudar a descobrir o criminoso. — E em poucas palavras contou o que a criada havia visto, acabando por mostrar o pedaço de bengala.

Ao ouvir o nome de Hyde, Utterson já ficou desconfiado; mas, quando lhe mostraram a bengala, não teve mais dúvida: embora quebrada, reconheceu-a como aquela que há muitos anos tinha oferecido a Henry Jekyll.

— Esse sr. Hyde é baixo?

— Bastante baixo e de aparência particularmente cruel, eis como a criada o descreveu — respondeu um dos policiais.

Utterson refletiu. Depois, erguendo a cabeça:

— Se querem vir comigo, na minha carruagem, penso que poderei indicar a casa onde mora.

Deveriam ser umas nove da manhã, e havia os primeiros nevoeiros da estação. Uma grande e pesada nuvem cor de chocolate cobria o céu, mas o vento continuamente impelia e destroçava as nuvens ameaçadoras. Enquanto a carruagem seguia de rua em rua, Utterson podia observar a quantidade maravilhosa de graduações e matizes da luz matutina: enquanto aqui estava escuro como se estivesse a anoitecer, ali surgia um brilho de castanho rico, mas lúgubre, como o clarão de um incêndio estranho, e, mais além, a névoa esgarçava-se, e uma triste réstia de luz brilhava numa espiral ondulante. O bairro sombrio de Soho distinguia-se sob esses reflexos incertos, com as suas ruas lamacentas, os seus transeuntes em desalinho, os candeeiros que não se apagaram ou haviam sido acendidos outra vez para combater a fúnebre invasão das sombras, tudo isso, aos olhos do advogado, parecia como um bairro de uma cidade de pesadelo. Os seus pensamentos eram tenebrosos; e quando relanceava o olhar pelo companheiro de viagem, sentia um pouco daquele terror da Justiça e dos seus magistrados que às vezes se apodera até das pessoas mais honestas.

Quando a carruagem chegou ao local indicado, o nevoeiro dissipara-se um pouco, mostrando, numa ruela escura, um botequim; um modesto restaurante francês; uma loja de miudezas; crianças esfarrapadas acotovelando-se nos portais; e mulheres de diversas nacionalidades que saíam de chave na mão para beber o primeiro copo. Depois o nevoeiro desceu outra vez, cor de terra, frustrando-lhe a visão daquelas misérias circundantes.

Era aqui que residia o protegido de Henry Jekyll, o herdeiro de um quarto de milhão de libras.

Uma velha de cabelos prateados e faces pálidas apareceu para abrir a porta. Tinha uma expressão má, amenizada pela hipocrisia; contudo suas maneiras eram irrepreensíveis.

— É aqui realmente que mora o sr. Hyde — disse. — Mas não está em casa. Entrou esta noite muito tarde e tornou a sair há menos de uma hora. — Não é de admirar — continuou explicando a velha —, pois os seus hábitos são muito irregulares. Está sempre fora. Por exemplo, há mais ou menos dois meses que não o via, até que ontem regressou.

— Nesse caso, queremos ver os seus aposentos — disse o advogado.

Quando a criada declarou que isso era impossível, Utterson acrescentou:

— É melhor dizer-lhe quem é este senhor. Trata-se do inspetor de polícia, sr. Newcomen.

No rosto da mulher surgiu um lampejo de odioso contentamento:

— Ah — exclamou —, ele está com problemas? Que aconteceu?

O advogado e o inspetor entreolharam-se.

— O seu patrão não parece pessoa normal — observou o último. — E agora, permita-nos examinar um pouco a casa.

Em toda a extensão da casa — que, exceto o quarto da criada, estava vazia, Hyde ocupava apenas dois cômodos, mobiliados com luxo e bom gosto. Havia um armário grande cheio de garrafas de vinho; a baixela era de prata, as toalhas e os guardanapos, elegantes. Na parede, um quadro valioso, presente (supunha Utterson) de Henry Jekyll, um conhecedor de arte. Os tapetes eram grossos e de cores agradáveis. A casa mostrava, porém, sinais de haver sido recente e apressadamente revistada: roupas pelo chão, com os bolsos virados pelo avesso; gavetas escancaradas; no fogão, um resto de cinzas, como se muitos papéis tivessem sido queimados. Desses resíduos, o inspetor retirou parte de um canhoto verde de cheques que resistira à ação do fogo. A outra metade da bengala estava atrás da porta, e, como isso confirmava as suas desconfianças, o policial deu-se por satisfeito. E mais satisfeito ainda após uma visita a um banco, no qual se verificou a existência de milhares de libras em nome do assassino.

— Pode ficar tranquilo — disse o inspetor ao advogado. — Tenho-o na mão. Provavelmente ele perdeu a cabeça, senão jamais teria guardado a bengala e, ainda por cima, queimado o talão de cheques. Mas não se vive sem dinheiro: o que temos a fazer é esperar por ele no banco, onde certamente irá buscar outro talão de cheques.

Todavia, a coisa não era tão fácil como parecia. Hydc não tinha muitos conhecidos. A criada vira-o apenas duas vezes. Da família não se encontrava nenhuma pista. Nunca fora fotografado, e o pouco que dele se podia descrever diferia grandemente de uma testemunha para outra. Unicamente em um ponto estavam todos de acordo: a sensação de deformidade indefinível com que o fugitivo impressionara todos os que o haviam visto.

❖

Capítulo 5

O incidente da carta

Já era de tardezinha quando Utterson transpôs a porta da casa de Jekyll. Foi recebido por Poole e logo conduzido através das dependências da cozinha e de um pátio, que outrora fora um jardim, até uma construção indiferentemente designada de laboratório ou sala.

Jekyll adquirira a casa dos herdeiros de um cirurgião famoso; porém, como tinha maior inclinação pela química do que pela anatomia, mudara a finalidade daquelas partes traseiras do edifício. Era a primeira vez que o advogado entrava naquele lugar, e observou com curiosidade a sombria construção sem janelas, olhando em redor, desagradavelmente impressionado, ao atravessar o anfiteatro de anatomia, outrora frequentado por estudantes turbulentos e agora frio e silencioso, com as mesas entulhadas de ingredientes de química, o chão coberto de cestos e palha de fardos, e a luz vinda escassamente de uma cúpula nublada. No extremo de tudo, um lance de escada conduzia a uma porta tapada com baeta vermelha; e foi por ela que Utterson passou, para chegar finalmente ao gabinete do médico. Era uma sala espaçosa, guarnecida em toda a volta de armários envidraçados, e mobiliada, entre outras coisas, com um espelho e uma escrivaninha de trabalho. Abriam sobre o pátio três janelas empoeiradas, todas com barras de ferro. O fogo ardia na lareira. O candeeiro estava colocado na prateleira do fogão, pois a essa hora já as trevas se tinham adensado dentro das casas. Aí, nesse recanto aquecido, estava o dr. Jekyll. Parecia mortalmente enfermo. Não veio ao encontro do visitante, mas estendeu-lhe a mão fria e cumprimentou-o, com uma voz transtornada.

— Então? — perguntou Utterson, logo que Poole os deixou a sós — já sabe da novidade?

O médico estremeceu.

— Já. Estavam-na apregoando lá fora... Ouvi na casa de jantar.

— Uma palavra só — pediu o advogado. — Carew era meu cliente, como você, e quero saber o que devo fazer. Espero que você não tenha cometido o desatino de esconder seu protegido.

— Juro — exclamou o doutor. — Juro que nunca mais tornarei a vê-lo. Dou a minha palavra de que o risquei deste mundo. Tudo tem limite. Nunca mais poderá contar comigo. Nem precisa... Você não o conhece tão bem quanto eu. Está seguro, inteiramente seguro. Guarde bem o que lhe digo, jamais ouvirá falar dele.

O advogado escutava com profunda tristeza. Não lhe agradava aquele estado febril do amigo.

— Você parece estar muito seguro a respeito dele — disse. —Para seu próprio bem, espero que esteja certo. Se seu nome aparecer...

— Estou tranquilo quanto a isso. Tenho bons motivos para essa certeza, mas não posso revelá-los a ninguém. Porém, há uma coisa em que me pode aconselhar. Recebi... recebi uma carta. Se a mostro à policia, estou perdido. Vou deixá-la com você, Utterson. Você agirá com sabedoria, tenho certeza. Confio muito em você.

— Presumo que essa carta possa ajudar a prisão dele?

— Não — respondeu o médico. — Não digo que me preocupe com o destino de Hyde. Descartei-me dele. Penso é na minha própria reputação, que esse maldito negócio pode afetar.

Utterson refletiu alguns instantes. Surpreendia-o o egoísmo do amigo, embora ao mesmo tempo o tranquilizasse.

— Bem, deixe-me ver a carta — disse por fim.

Era um papel escrito com uma letra um tanto original e assinado por Edward Hyde. Informava laconicamente o seu benfeitor, dr. Jekyll, a quem indignamente recompensava de tantos favores, que estava em segurança e que, portanto, não devia alarmar-se quanto a esse ponto. Pretendia fugir e tinha confiança no bom resultado. Utterson gostou bastante do teor da carta. Ela dava àquela estranha amizade um significado melhor do que ele esperava, e até se repreendeu intimamente por causa das suspeitas que formulara.

— Tem o envelope? — perguntou.

— Queimei-o — disse Jekyll. — Sem pensar no que fazia. Não trazia carimbos de correio. Foi entregue em mãos.

— Você quer que eu a guarde?

— Quero que resolva por mim. Perdi a confiança em mim mesmo.

— Bem — volveu o advogado. — Vou pensar. Uma última pergunta: foi Hyde quem ditou os termos do testamento no que se refere ao seu desaparecimento?

O médico ficou bastante embaraçado. Não abriu a boca, mas acenou afirmativamente com a cabeça.

— É o que eu pensava — comentou Utterson. — Ele tencionava matar você. Escapou de uma boa.

— Isso foi mais longe do que eu esperava — concluiu o médico, em tom solene. — Meu Deus, recebi uma lição! E que lição, Utterson! — E cobriu o rosto com as mãos durante alguns instantes.

Ao sair, o advogado deteve-se e trocou algumas palavras com Poole.

— Parece que chegou hoje uma carta para o doutor. Quem foi que a trouxe?

Mas Poole só havia recebido correspondência pelo correio, e eram apenas circulares.

Esse esclarecimento teve o poder de renovar os temores de Utterson. Sem dúvida a carta fora recebida pela porta do laboratório; quem sabe até tivesse sido escrita no gabinete. E, nesse caso, era preciso julgar o assunto de forma diferente e tratá-lo com maior cautela.

Os vendedores de jornais, à saída do advogado, apregoavam já roucos ao longo dos passeios: "Edição especial. O grande e horrível crime!". Era a oração fúnebre de um amigo e cliente. E Utterson não pôde evitar certa apreensão pelo bom nome de outro cliente e amigo, que podia ser arrastado no turbilhão do escândalo. Em todo caso, a situação se mostrava muito delicada. E, apesar de habitualmente ter muita confiança em si mesmo, desta vez começou a desejar o apoio de um conselho. Absolutamente não o pediria diretamente, mas quem sabe esse conselho poderia vir indiretamente...

Pouco depois, ei-lo na sua casa, sentado a um dos lados da lareira. Guest, seu principal empregado, estava do lado oposto; precisamente ao meio deles, a bem calculada distância, uma garrafa de excelente vinho velho, que tinha sido guardada muito tempo longe do sol, na adega do edifício. O nevoeiro ainda pairava, inundando a cidade, e os lampiões cintilavam como brasas. Através do negrume e da espessura dessas nuvens baixas, a vida da cidade desenrolava o seu cortejo ao longo das ruas, ululando como um vento muito forte. A sala de Utterson, porém, parecia alegre com o brilho da lenha que ardia. Na garrafa, estavam há muito tempo já dissolvidos os ácidos: o tom suavizara-se com o tempo e tornara-se mais delicado como acontece à cor dos vitrais. E o brilho das tardes quentes de outono, nos vinhedos da encosta, estava pronto a libertar-se da garrafa e a dissipar o nevoeiro londrino. Insensivelmente, o advogado deixou-se levar às confidências. Não havia outro homem para quem fosse menos reservado do que com Guest. Quando desejava guardar algum segredo, nem sempre tinha a certeza de o ter feito. Guest estava a par de todos os negócios do dr. Jekyll. Dificilmente poderia deixar de ouvir revelações sobre a intimidade de Hyde na casa. Podia fazer conjeturas. Não seria melhor então que se inteirasse da carta que podia esclarecer todo aquele mistério? E sendo, acima de tudo, um estudioso e perito em caligrafia, como considerar esse passo senão obrigatório e natural? O secretário, além disso, era pessoa prudente e de bom senso. Não haveria de ler tão estranho documento sem formular a sua opinião. E, por ela, bem podia Utterson orientar o caminho a seguir.

— É um caso intrincado, este de *Sir* Danvers — disse o patrão.

— De fato, sim, senhor. Despertou muito a atenção do público — confirmou Guest. — O homem, naturalmente, é louco.

— Gostaria de saber o que pensa. Tenho aqui um documento do punho do assassino. Isso fica entre nós, pois nem sei o que deva fazer dele. Na melhor das hipóteses, ainda é um caso pouco limpo. Cá está ele. Aqui está: a assinatura de um criminoso.

Os olhos de Guest cintilaram. Concentrou-se apaixonadamente a examinar o papel.

— Não, senhor, não é de um louco — sentenciou. — Mas é uma letra muito singular.

— E por todos os motivos, uma pessoa mais singular ainda — acrescentou o advogado.

Nesse momento a criada entrou com uma carta.

— É do dr. Jekyll? — perguntou o secretário. — Parece-me que conheço a letra. Assunto particular, sr. Utterson?

— Apenas um convite para jantar. Quer ver?

— Com licença. Muito obrigado. — E o secretário pôs as duas cartas lado a lado e comparou-as atentamente. — Muito obrigado — disse, restituindo-as. — A assinatura é realmente interessante.

Houve uma pausa, durante a qual Utterson lutou consigo mesmo.

— Por que é que as comparou, Guest? — perguntou subitamente.

— É porque têm semelhança curiosa. São caligrafias, em muitos pontos, idênticas. Apenas inclinadas de forma diferente.

— Muito curioso — disse Utterson.

— É, como diz, muito curioso — tornou Guest.

— Não convém falar disso — observou o patrão.

— Não, senhor. Esteja tranquilo.

Mas tão logo ficou só naquela noite, Utterson foi ver a carta, que já havia guardado no cofre. "O quê?", pensou, "Henry Jekyll forjou isto para salvar um assassino!"

E sentiu o sangue gelar-se-lhe nas veias.

❖

Capítulo 6

O singular incidente com o dr. Lanyon

O tempo passou; ofereceu-se uma recompensa de milhares de libras a quem descobrisse o assassino de *Sir* Danvers; porém o sr. Hyde escapou da polícia, como se nunca houvera existido. É verdade que se descobriu muita coisa da sua vida, e tudo muito vergonhoso. Falou-se da sua crueldade, tão fria e violenta, das suas estranhas companhias, do ódio que a sua existência despertava. Mas, quanto ao esconderijo atual, nem rastro. Sumira completamente desde o dia em que deixara a casa do bairro de Soho, na manhã do crime. E, pouco a pouco, Utterson recuperou-se dos seus pavores e sentiu-se mais em paz consigo próprio. O mal sofrido com a morte de *Sir* Danvers estava compensado com o desaparecimento definitivo do criminoso. Agora que aquela presença malévola se afastara, começou para o dr. Jekyll uma vida nova. Saiu da sua reclusão, retomou as relações com os amigos, tornou-se outra vez o convidado jovial e o anfitrião generoso; embora já fosse conhecido pela sua caridade, distinguia-se agora pela religiosidade. Trabalhava bastante, caminhava muito, praticava o bem. Lia-se-lhe no rosto franco e jovial a consciência satisfeita de quem é útil aos semelhantes. E durante mais de dois meses o médico viveu em paz.

No dia 8 de janeiro, Utterson jantou, com um pequeno grupo de amigos, na casa de Jekyll. Lanyon fazia parte desse grupo. E todos se recordaram dos velhos tempos em que aquele trio era inseparável. No dia 12, e igualmente no dia 14, a casa de Jekyll ficou fechada para Utterson. "O doutor está ocupado, e não recebe ninguém", explicava Poole. No dia seguinte, tentou novamente e obteve a mesma resposta; e como era seu costume, havia já dois meses, ver o amigo quase diariamente, achou que esse regresso à solidão ia se tornando pesado para o seu coração. Na quinta noite, convidou Guest para jantar; e na sexta noite resolveu procurar pessoalmente Lanyon.

Na casa deste, pelo menos, não lhe recusavam entrada. Mas logo notou a mudança que se operara na fisionomia do médico. Lanyon trazia sua sentença de morte escrita no rosto. Perdera inteiramente a cor saudável. Emagrecera. Parecia mais calvo e mais velho. E ainda assim não foram esses sinais de rápida decadência física que mais assombraram o advogado: nos olhos e no modo de ser, sentia-se que o seu espírito estava aterrorizado. Não era provável que tivesse medo da morte; contudo foi o que Utterson suspeitou a princípio. "É médico", pensou, "deve conhecer o estado em que se encontra e que tem os dias contados, e essa certeza é o que não pode suportar".

Lanyon pareceu ler os pensamentos de Utterson. Disse:

— Sou um homem perdido. Tive um choque terrível do qual sei que nunca mais me recupararei. É questão de semanas. Mas, enfim, a vida me foi agradável. Apreciei-a. É verdade, gostei de viver. Mas às vezes penso que, se soubéssemos de tudo, não teríamos tanta pena de morrer.

— Jekyll também está doente — observou Utterson. — Você o tem visto?

Nesse momento, a expressão de Lanyon alterou-se. Ergueu a mão trêmula:

— Não quero ver nem ouvir falar do dr. Jekyll. — Exprimia-se em voz alta, mas vacilante. — Cortei completamente as relações com ele. Por favor, poupe-me de qualquer referência àquele a quem considero como morto.

— Ora, vamos... — retorquiu Utterson. E depois de uma pausa razoável: — Será possível? Somos três velhos amigos,

Lanyon. Já não viveremos muito mais para conseguirmos outros.

— Não há mais o que fazer a esse respeito. Pergunte a ele.

— Ele não quer me receber — disse o advogado.

— Não me surpreende. Qualquer dia, Utterson, depois da minha morte, você vai ver como eu tinha razão. Agora não posso contar nada. Porém, se quiser conversar sobre outras coisas, pelo amor de Deus, faça-o. Se, no entanto, não conseguir mudar de assunto, imploro-lhe que vá embora, pois não suportarei ouvir suas palavras.

Logo que chegou em casa, Utterson sentou-se para escrever a Jekyll, queixando-se de ter sido excluído de suas relações e indagando a causa do infeliz rompimento com Lanyon. No dia seguinte, recebeu extensa resposta, com palavras patéticas e por vezes confusas e misteriosas. O desentendimento com Lanyon não tinha conserto. "Não censuro o nosso velho amigo, mas compartilho da sua opinião, isto é, que nunca mais nos devemos encontrar. De agora em diante quero ter uma vida de isolamento. Se você encontrar minha porta fechada para você, não deve estranhar nem supor que não lhe tenho estima e amizade. Deixe-me escolher o meu próprio destino, por pior que seja. Suporto um castigo e um risco que não posso revelar. Sou ao mesmo tempo o maior dos pecadores e o maior dos penitentes. Não creio que haja neste mundo lugar para sofrimentos e terrores de tal natureza. Só há uma coisa que você pode fazer para mitigar meu sofrimento: é respeitar-me o silêncio." Utterson ficou atônito. A influência maldita de Hyde já não se fazia sentir; o médico retomara seus gostos e suas amizades. Uma semana antes a perspectiva era sorridente, com promessas de uma vida feliz e digna; e, de um momento para outro, amizade, paz de espírito, o belo tipo de vida, tudo naufragara. Uma tal mudança, assim inesperada, pressagiava loucura. Mas, para o comportamento e as palavras de Lanyon, devia haver outro motivo mais forte.

Uma semana depois, Lanyon se recolheu à cama, e em menos de 15 dias entregava a alma a Deus. Na noite depois do funeral, a que assistira cheio de tristeza, Utterson abriu a porta do seu escritório e ali sentado, à luz melancólica de uma vela, pôs diante de si um envelope escrito pelo falecido amigo e lacrado com o seu sinete, com a seguinte enfática inscrição: "*Confidencial*. Só para G. J. Utterson, e, no caso de haver falecido, para ser queimado sem abrir". Mas assustava-o a ideia de ler o conteúdo. "Enterrei hoje um amigo. Será que isto me vai custar a perda de outro?!" Depois, considerou que o medo era deslealdade e partiu o lacre. Dentro estava outro envelope, igualmente lacrado e com esta indicação: "Não deve ser lido antes da morte ou desaparecimento do dr. Henry Jekyll". Utterson não podia acreditar nos seus olhos. Não havia dúvida, lá vinha outra vez a palavra "desaparecimento". Também aqui, como naquele testamento insensato — que há muito devolvera ao autor —, também aqui estava a ideia de desaparecimento e incluído o nome de Henry Jekyll. Mas, no testamento, aquela ideia surgira pela sinistra sugestão de Hyde, com um objetivo demasiadamente evidente e horrível. Contudo, escrita pela mão de Lanyon, que poderia significar? O advogado sentiu-se invadir por um desejo enorme de desconsiderar a proibição e desvendar de uma vez todos aqueles mistérios. Mas a honra profissional e a memória do seu falecido amigo impunham-lhe a obrigação de não fazer semelhante coisa. E o envelope foi descansar no mais recôndito do cofre.

Uma coisa é mortificar a curiosidade, outra é vencê-la; podia-se desconfiar, desse dia em diante, se Utterson desejaria com o mesmo ardor a companhia do seu amigo sobrevivente. Recordava-se dele com simpatia, mas ao mesmo tempo com inquietação e receio. Resolveu visitá-lo. Se não pudesse ser recebido, talvez fosse um alívio para o seu espírito; talvez preferisse, no fundo do coração, conversar à porta com Poole, em meio aos ruídos da cidade, em vez de ser recebido naquela casa transformada em prisão voluntária e sentar-se a falar com aquele que insistia em ficar em reclusão impenetrável. Poole não tinha, na verdade, notícias agradáveis a comunicar. O médico, ao que parecia, exilava-se mais do que nunca no gabinete ao fundo do laboratório, onde muitas vezes chegava a dormir: perdera a boa disposição, estava sempre calado, não lia nunca. Devia estar realmente muito preocupado. Utterson habituou-se às mesmas informações invariáveis e foi pouco a pouco diminuindo a frequência dessas visitas.

❖

Capítulo 7

O episódio da janela

Aconteceu em um domingo, quando Utterson e Enfield davam o seu passeio costumeiro, que o acaso os levou outra vez até a famosa rua. Ao passarem defronte da porta, ambos detiveram-se a contemplá-la.

— Aquela história da porta — disse Enfield — teve, afinal, um desfecho. Nunca mais veremos o sr. Hyde.

— Espero que não — disse Utterson. — Já não lhe contei que o encontrei uma vez e que, como você, senti repugnância pelo homem?

— É impossível o ver sem sentir repugnância — respondeu Enfield. — E, a propósito, há de ter-me julgado muito tolo por não saber que este é o lado posterior da casa do dr. Jekyll! Em parte devo a você a descoberta.

— Então você descobriu? — disse Utterson. — Mas, se é assim, entremos no pátio e observemos as janelas. Para lhe dizer a verdade, estou apreensivo com o pobre Jekyll. E, ainda que seja do lado de fora, talvez a presença de um amigo lhe faça algum bem.

O pátio era muito fresco e um tanto úmido, envolto num crepúsculo prematuro, posto que o céu, rasgado ao alto, estivesse ainda iluminado pelo sol poente. A janela do meio, das três que havia, estava entreaberta. E sentado perto dela, a tomar ar, com infinita tristeza no semblante, como um prisioneiro desiludido, Utterson viu o dr. Jekyll.

— Olá! Jekyll! Jekyll! — gritou. — Espero que você tenha melhorado.

— Estou mal — respondeu o médico, com melancolia. — Muito mal. Não faltará muito, graças a Deus.

— Você fica muito em casa — disse o advogado. — Devia sair, para ativar a circulação, como Enfield e eu. Enfield é meu primo. Vamos, pegue o chapéu e venha dar um passeio conosco.

— É muita gentileza de sua parte — suspirou o outro. — Bem que eu gostaria. Mas não. Não e não. É absolutamente impossível. Entretanto, Utterson, tive muito prazer em ver você. Convidaria vocês para entrar, mas a casa não está bem arrumada.

— Nesse caso — disse o advogado, com bom humor —, o melhor que temos a fazer é ficar aqui fora e conversarmos assim.

— Era exatamente o que eu ia propor — respondeu, sorrindo, o médico. Mal, porém, pronunciara essas palavras, o sorriso fugiu-lhe dos lábios e sucedeu-lhe uma expressão de terror e desespero que fez gelar o sangue dos senhores no pátio.

Tudo isso foi rápido como um relâmpago, porque a janela se fechou instantaneamente, mas durou tempo suficiente para que Utterson e Enfield pudessem observar. Sem trocar uma única palavra, voltaram as costas e saíram daquele lugar; silenciosamente também atravessaram a ruazinha. E foi só quando tinham chegado a uma travessa próxima, onde mesmo aos domingos havia certo movimento, que Utterson se voltou e olhou para o companheiro pela primeira vez. Ambos estavam pálidos. O horror estava estampado em seus olhos.

— Deus nos ajude! Deus nos ajude! — disse o advogado.

Mas Enfield limitou-se a acenar com a cabeça, muito sério, e continuaram outra vez em silêncio.

❖

Capítulo 8

A última noite

Certa noite, Utterson estava sentado junto à lareira, quando teve a surpresa de receber a visita de Poole.

— Santo Deus, Poole, o que o traz aqui? — perguntou. E depois de olhá-lo com mais atenção: — Que tem você? O seu patrão está doente?

— Sr. Utterson — disse o criado —, há alguma coisa que não corre bem.

— Sente-se, aqui tem um copo de vinho para você — disse o dono da casa. — Agora, devagar, diga-me o que está acontecendo.

— O senhor conhece os hábitos do dr. Jekyll — começou Poole — e como é reservado. Tem por hábito fechar-se no gabinete. Agora trancou-se lá novamente, e não estou gostando nada disso. Tenho medo, sr. Utterson.

— Meu bom Poole, seja mais explícito. De que é que tem medo?

— Durante uma semana andei apavorado — continuou Poole, sem responder à pergunta. — E a verdade é que já não posso suportar mais.

O aspecto do criado justificava amplamente suas palavras; mostrava-se extremamente alterado e, exceto no princípio, quando anunciou a razão da visita, em nenhum momento olhou de frente para o advogado. Agora mesmo, sentado e sem tocar no copo de vinho, mirava o canto do soalho.

— Já não posso mais — repetiu.

— Acredito que tenha algum motivo sério. Compreendo que há algo muito grave. Tente explicar-me o que é.

— Penso que se trata de alguma coisa sórdida.

— Sórdida! — exclamou o advogado, num movimento de horror e com sintomas de grande indignação. — Por quê? Que quer dizer com isso?

— Não me atrevo — respondeu Poole. — Mas, se quiser me acompanhar, verá com seus próprios olhos...

Utterson levantou-se imediatamente, enfiou um sobretudo e pegou o chapéu; viu, assombrado, o sentimento de alívio que se desenhou no rosto do mordomo e também que o vinho nem sequer havia sido tocado.

Era uma noite de março, tempestuosa e fria; a lua estava pálida e vencida, como se o vento a tivesse magoado, e em torno pairavam nuvenzinhas diáfanas. O vento dificultava a conversa e fazia-lhes afluir o sangue às faces. Parecia ter varrido as ruas, afugentando os transeuntes, a tal ponto que Utterson pensou que nunca tinha visto essa parte de Londres tão deserta. O advogado teria desejado o contrário: nunca na sua vida sentiu uma vontade tão grande de tocar, de estar perto dos seus semelhantes. Por mais esforços que fizesse para o impedir, no seu espírito pesava o pressentimento da catástrofe. A praça, quando lá chegaram, estava cheia de pó, que fora levantado pela ventania, e as pequenas e frágeis árvores do jardim, castigadas pelo vento, açoitavam os ferros das grades.

Poole, que até então havia caminhado um pouco à frente de Utterson, parou bruscamente. Não obstante o tempo gelado e o vento furioso, tirou o chapéu e enxugou a testa com um lenço vermelho. Embora estivesse caminhando rápido, não era essa a razão de estar transpirando abundantemente: o suor se devia a uma angústia asfixiante, pois tinha o rosto lívido, e sua voz saía entrecortada e áspera.

— Bem — disse ele —, chegamos. E queira Deus nada tenha acontecido de mau.

— Assim seja, Poole — arrematou o advogado.

Dizendo isso, o mordomo bateu cautelosamente na porta, que estava trancada. De dentro uma voz interrogou:

— É você, Poole?

— Sim. Podem abrir.

O vestíbulo, quando entraram, estava fortetemente iluminado. O fogo na lareira erguia chamas altas. E ali perto, todos os criados, homens e mulheres, estavam juntos, como um rebanho amedrontado. Ao ver Utterson, a governanta desatou em um choro histérico; e a cozinheira, gritando "Graças a Deus, é o sr. Utterson", correu para ele como se o quisesse abraçar.

— Que foi? Que foi? Por que estão todos aqui? — perguntou o advogado, contrafeito. — Isso é muito singular! Seu patrão não vai gostar disso.

— Estão com medo — explicou Poole.

Ninguém protestou, e seguiu-se um silêncio absoluto. Somente a governanta levantou a voz, soluçando e chorando mais alto ainda.

— Cale-se! — ordenou Poole, num tom que revelava o quanto ele mesmo estava abalado.

Quando a mulher, subitamente, parou com sua lamentação, todos estremeceram e voltaram os olhos para a porta que dava para o interior. Seus rostos transmitiam o horror da expectativa.

— E agora — continuou o mordomo, dirigindo-se ao ajudante da cozinheira — traga-me uma lanterna, e poremos fim a isso, de uma vez por todas. Em seguida pediu ao advogado que o acompanhasse e tomaram a direção do quintal.

— Agora, caminhe o mais silenciosamente possível — disse Poole. — É necessário que o senhor ouça, sem, contudo, ser pressentido. E, se ele o convidar a entrar, não o faça, em absoluto.

Os nervos de Utterson ficaram de tal modo abalados diante dessa inesperada recomendação que por pouco ele não perdeu completamente o equilíbrio. Todavia, logo recuperou o sangue-frio e seguiu o mordomo ao laboratório, através do anfiteatro, entre um amontoado de grades e garrafas. Junto do degrau da escada, Poole fez-lhe sinal que parasse e se pusesse à escuta, enquanto ele próprio, pousando a lanterna no chão e enchendo-se de coragem, subiu os degraus e bateu com a mão trêmula à porta do gabinete, forrada de baeta vermelha.

— Sr. doutor, o dr. Utterson pergunta se pode entrar. — E, logo que disse isso, fez novo e imperioso sinal ao advogado, para que prestasse atenção.

De dentro respondeu uma voz: "Diz-lhe que não posso receber ninguém". Soava como um lamento.

— Obrigado, sr. doutor — disse Poole, com uma entoação de triunfo. E, levantando a luz, veio com Utterson através do pátio até à cozinha, onde o fogão crepitava e as baratas corriam no soalho.

— Sr. doutor — disse o mordomo, olhando-o de frente —, aquela era é a voz do meu patrão?

— Parece muito mudada — respondeu o advogado, que empalidecera, procurando, contudo, dominar-se.

— Mudada? Ah, sim, também me parece. Não é depois de vinte anos que trabalho nesta casa que me enganaria a respeito dessa voz. Não, senhor. A voz do meu patrão partiu com ele, quando morreu, há oito dias, e ouvimo-lo gritar e invocar o nome de Deus. E quem lá está em seu lugar, e o motivo por que continua ali, é uma coisa que brada aos céus!

— Tudo isso é muito estranho, Poole. É mesmo incrível — comentou Utterson, mordendo o dedo. — Admitamos que é como diz. Vamos supor que o dr. Jekyll tenha sido assassinado: o que obriga o criminoso a continuar em casa? Isso não faz sentido. É insensato.

— O sr. doutor é advogado, sabe o que diz, e não acredita em tudo o que ouve. É difícil convencê-lo, mas vou tentar. Durante toda esta semana, é importante que o saiba, ele — ou o outro, ou quem vive lá no laboratório — bradou exigindo um certo medicamento. Conforme era seu costume — refiro-me ao dr. Jekyll, bem entendido —, escrevia suas ordens em uma folha de papel e a colocava por baixo da porta. Mas esta semana... o senhor nem pode imaginar como foi. A porta permanentemente fechada, papéis e mais papéis colocados por baixo da porta. Por várias vezes durante o dia eu recebia esses papéis com ordens e queixas, tive de me desdobrar para mandar aviar receitas em todos os farmacêuticos da cidade. Cada vez que trazia a droga solicitada, logo surgia um outro papel ordenando que eu a pedisse novamente, em razão de o produto não apresentar o grau de pureza necessário, ou então que eu aviasse a receita em outra farmácia, e assim por diante. Ele queria o medicamento desesperadamente.

— Tem algumas dessas requisições? — perguntou Utterson.

Poole procurou nos bolsos e entregou um papel muito amarrotado, que ele, aproximando da luz, examinou com atenção. Dizia o seguinte: "Ilmos. srs. Maw. Apresento os meus cumprimentos e informo que a última amostra que recebi é impura e imprópria para o fim que tenho em vista. Em 18 de janeiro comprei aí grande quantidade do mesmo produto e peço, portanto, que o procurem com o maior cuidado, de modo a me fazerem nova remessa. Não importa o preço. Escuso salientar a importância deste assunto. Dr. Jekyll". A carta parecia ter sido escrita com calma, mas no fim, num repentino arranhão da pena, o autor denunciara a sua agitação extrema. "Pelo amor dc Deus", havia acrescentado, "vejam se encontram o que desejo".

— Esta carta é esquisita — disse Utterson. E perguntou severamente: — Por que a abriu?

— O empregado de Maw ficou irritado quando a leu, e atirou-a de volta, com maus modos — respondeu Poole.

— Sem dúvida foi escrita pelo doutor. Não acha? — disse Utterson.

— Assim pensei — resmungou o criado. E acrescentou, com a voz alterada: — Mas que importa a caligrafia? Eu mesmo o vi!

— Você o viu?! — exclamou Utterson — E então?

— Foi desta maneira: cheguei inesperadamente à sala da anatomia, vindo do quintal. O patrão tinha vindo às escondidas para examinar esta droga, ou fosse o que fosse, pois a porta do gabinete encontrava-se aberta, e ele estava no extremo da sala, procurando no meio dos cestos. Viu-me chegar, deu uma espécie de grito e fugiu, a toda a pressa, para o gabinete. Não foi mais do que um minuto o tempo que eu o contemplei, mas meu cabelo ficou inteirinho em pé. Diga-me, sr. doutor, se fosse o patrão, teria uma máscara na cara? Se fosse o patrão, por que havia de se assustar como um rato e fugir logo de mim? Eu o tenho servido durante muitos anos. E então... — O criado parou, e passou a mão pelo rosto.

— São, na verdade, circunstâncias estranhas... — disse Utterson. — Mas creio que começo a entender. O seu patrão está sob a influência de uma dessas doenças que ao mesmo tempo torturam e deformam o doente. Daí a alteração da voz. Daí a máscara e a determinação em evitar os amigos. Daí a sua ansiedade na procura de um remédio, pois não há dúvida de que o infeliz alimenta esperanças de se curar. Que Deus o não desengane! É o que penso. É bastante lamentável, Poole, bem sei, e assusta só em pensar, mas é simples e natural, convenhamos nisto, e deixemo-nos de alarmes exagerados.

— Sr. doutor — redarguiu o mordomo, empalidecendo mais uma vez —, aquilo não é o patrão. A verdade é esta. O patrão — olhou em volta e começou a falar em tom mais baixo — é homem alto e bem constituído, e este é uma espécie de anão — Utterson ia protestar. — Oh! — exclamou Poole —, pensa que não conheço o patrão, depois de tantos anos? Pensa que não sei a altura a que chega a sua cabeça, na porta do gabinete, onde o via em cada dia da minha vida? Não, senhor, aquilo não é o dr. Jekyll. Deus sabe quem é, mas o dr. Jekyll é que nunca foi. Acredito que foi cometido um assassinato.

— Poole — respondeu o advogado —, se tem essa desconfiança, sinto-me no dever de deixar as coisas esclarecidas. Desejo respeitar os escrúpulos do dr. Jekyll, mas esta carta, que parece provar que ele está ainda vivo, deixa-me completamente confuso. Julgo que seja meu dever arrombar aquela porta.

— Bem falado, Dr. Utterson!

— E agora vamos ao segundo ponto: quem fará isso?

— Com certeza, o doutor e eu — disse Poole, sem hesitar.

— Muito bem — disse o advogado. — E, aconteça o

que acontecer, sou eu o responsável, e você não terá nada a perder.

— Há um machado no anfiteatro — informou Poole. — O senhor fica com o atiçador do fogão da cozinha.

O advogado pegou o pesado e rude instrumento de ferro, e brandiu-o. — Sabe, Poole, que nos colocamos nós próprios em situação perigosa?

— O senhor está dizendo a verdade — replicou o mordomo.

— É preciso, pois, que falemos com franqueza. Ambos pensamos em mais alguma coisa do que as nossas palavras revelaram. Desanuviemos a consciência. Essa figura mascarada, que você viu, é capaz de a reconhecer?

— Ia tão depressa e esquivava-se tanto que eu não poderia jurar. Mas o senhor pensa... que é o sr. Hyde? Sim, sim, é o que eu calculo! É assim do mesmo tamanho, e tem o mesmo aspecto ágil; e quem melhor poderia ter entrado pela porta do laboratório? Não se esqueça de que, na época daquele assassinato, possuía uma chave. Mas não é tudo. Não sei se já se encontrou alguma vez com o sr. Hyde...

— Sim — disse o advogado —, falei uma vez com ele.

— Então deve saber, tão bem como os outros, que há qualquer coisa de singular nesse senhor; qualquer coisa que repugna e assusta... não sei ao certo como explicar, senão assim: que se sente na espinha uma espécie de calafrio.

— Concordo plenamente com você — disse o advogado.

— Pois bem, senhor — continuou Poole. — Quando o mascarado saltou como um macaco do meio dos frascos e se esgueirou para o gabinete, fiquei completamente apavorado. Oh, bem sei que isto não é prova nenhuma, mas cada um tem os seus sentimentos, e sou capaz de jurar que era o sr. Hyde!

— Também penso assim. Infelizmente parece-me que aconteceu o que eu mais temia. Realmente, você tem razão. O pobre Henry foi assassinado. E acredito que o criminoso — com que fim, só Deus sabe — está ainda escondido no quarto da vítima. Façamos justiça, pois. Chame Bradshaw.

O criado atendeu ao chamado. Vinha pálido e nervoso.

— Ajude-nos também, Bradshaw — disse o advogado. — Esta incerteza, bem sei, inquieta a vocês todos. Mas temos de resolver isto. Poole e eu, aqui, vamos forçar o caminho para o gabinete. Se tudo correr bem, vou arcar com toda a responsabilidade. Entretanto, se ocorrer algum problema, ou o malfeitor conseguir fugir, você e o rapaz vão dar a volta à esquina munidos com dois bons cassetetes e postam-se na porta do laboratório. Têm dez minutos para estarem nos seus postos.

Logo que Bradshaw saiu, o advogado consultou o relógio.

— Agora, Poole, mãos à obra.

E, com o atiçador ao ombro, tomou o caminho do pátio. Nuvens de chuva ocultavam a lua, e a noite escurecera. O vento, que soprava em rajadas e varria o chão, apagou a chama da candeia, e foi redemoinhando em torno deles, até que chegaram ao anfiteatro, onde se sentaram silenciosos, à espera. O sussurro de Londres fazia-se ouvir ao redor; mas ali o silêncio era apenas quebrado pelo ruído de passos, indo e vindo, no soalho do gabinete.

— Passeia assim todo o dia — sussurrou Poole — e grande parte da noite. Só quando vem algum produto da farmácia é que para um pouco. É porque não tem a consciência tranquila. Deve atormentar-se com o sangue ignominiosamente derramado. Mas escutemos outra vez, sr. dr. Utterson, aproxime-se e diga-me: são os passos do dr. Jekyll?

Os passos eram leves e estranhos, quase flutuantes, apesar de vagarosos; muito diferentes, de fato, do andar pesado e rangente de Henry Jekyll. Utterson suspirou.

— É sempre esse ruído? — perguntou. — Nada mais?

Poole inclinou a cabeça.

— Uma vez — disse — ouvi-o chorar.

— Chorar? Como? — inquiriu o advogado, sentindo um repentino calafrio de terror.

— Como uma alma penada, ou uma mulher — respondeu o mordomo. — Fiquei tão perturbado que comecei a chorar também.

Os dez minutos já haviam passado. Poole tirou o machado

de sob um monte de palha; na mesa mais próxima puseram a luz, para os iluminar durante o ataque; e dirigiram-se, prendendo a respiração, para onde se ouviam os passos, indo para lá e para cá, no silêncio da noite.

— Jekyll — gritou Utterson, em voz bem alta. — Preciso falar com você — esperou um momento, mas não obteve resposta. — Estou lhe avisando: estamos preocupados e temos suspeitas de que algo grave aconteceu. Preciso ver você. Se não abrir, usaremos de força.

— Utterson — disse uma voz. — Por amor de Deus, tenha piedade!

— Não é a voz do Jekyll, é a do Hyde! — exclamou o advogado. — Arrombe a porta, Poole!

Poole levantou o machado e desfechou o golpe, que fez abalar a parede; e a porta, coberta de baeta encarnada, estremeceu na fechadura e nos gonzos. Um guincho medonho, perfeito terror animal, ululou pelo gabinete. Outra vez o machado vibrou contra as molduras da porta, que se despedaçava. Os caixilhos saltavam. Por quatro vezes o machado foi desfechado; mas a porta era dura, de excelente construção. Só ao quinto golpe é que a fechadura se partiu em duas, e os destroços da porta encheram o tapete.

Os atacantes, assustados com sua própria violência e com o silêncio que se seguiu, detiveram-se um instante e ficaram à espreita. O gabinete surgiu aos seus olhos calmo e iluminado pela luz do candeeiro. No fogão o lume crepitava, a chaleira chiava baixinho, uma ou duas gavetas abertas, alguns papéis arrumados em cima da mesa de trabalho e, junto do fogão, os apetrechos para o chá. Tudo calmo e, a não ser pelos armários envidraçados, cheios de drogas, dir-se-ia o mais comum dos quartos de Londres.

Exatamente no meio da sala jazia o corpo de um homem dolorosamente contorcido. Aproximaram-se nas pontas dos pés, voltaram-lhe a cabeça e reconheceram Edward Hyde. Trazia roupas muito largas para o seu corpo, roupas do tamanho das do médico. Os nervos do rosto moviam-se ainda com aparência de vida, mas a vida parecia que já o abandonara. Pelo frasco apertado na mão e o cheiro intenso de amêndoa que se espalhava no ar, Utterson percebeu que era o corpo de um suicida.

— Chegamos tarde demais — disse compungido — para salvar ou punir. Hyde castigou-se a si mesmo. E só nos resta encontrar o corpo do dr. Jekyll.

A maior parte do prédio era ocupada pelo laboratório, que preenchia quase todo o rés do chão e recebia a luz do alto assim como do gabinete. Este constituía um andar mais alto em um dos extremos e dava para o pátio. O laboratório tinha um corredor que conduzia à porta da ruazinha e um lanço de escada que levava ao gabinete. Além disso, havia alguns aposentos escuros e uma adega bastante ampla. Os aposentos estavam todos vazios, portanto uma olhadela foi o suficiente; estavam cobertos de pó, que caía pelas portas. A adega estava cheia de coisas velhas e estranhas, a maior parte das quais era do tempo do médico antecessor de Jekyll. Bastou abrirem a porta para perceberem a inutilidade de maiores pesquisas: uma enorme teia de aranha tapava a entrada. Em nenhuma parte havia indícios de Henry Jekyll, vivo ou morto.

Poole bateu com o pé no assoalho do corredor.

— Deve ter sido sepultado aqui — disse, prestando atenção ao som.

— Ou então pode ter fugido — opinou Utterson, voltando a examinar a porta que dava para a viela. Estava trancada. Sobre um ladrilho encontrou a chave, já carcomida pela ferrugem. — Parece que não tem sido usada.

— De forma alguma — disse Poole. — Não vê que está quebrada? Até parece que foi pisoteada.

— Ah! — fez Utterson — e mesmo os pedaços enferrujaram também. — Os dois homens entreolharam-se, assustados. — Isto está acima da minha compreensão. Voltemos para o gabinete.

Subiram a escada em silêncio. Lançando um olhar desconfiado ao morto, começaram a observar, atentamente, o que havia na sala. Sobre uma mesa, vestígios de preparados químicos, recipientes de vidro com pequenas partes de sal branco, em medidas diferentes, como se fossem para uma experiência que o infeliz não chegasse a concluir.

— É a mesma coisa que eu fui muitas vezes buscar à loja — disse Poole. E, enquanto falava, a chaleira fervia com grande barulho. Isso atraiu-os para o lado do fogão, ao qual a poltrona estava encostada e os apetrechos do chá prontos, até com açúcar na xícara. Havia alguns livros numa estante. Um deles, ao lado da xícara, e aberto, deixou Utterson pasmado: era um exemplar de certa obra religiosa, pela qual Jekyll manifestara, mais de uma vez, grande apreço; estava anotado pelo seu punho, com horrendas blasfêmias.

A seguir, prosseguindo no exame, aproximaram-se do espelho emoldurado, para cuja superfície olharam com involuntário horror. Mas estava tão inclinado que não mostrava senão o brilho do fogo, refletindo-se no teto e multiplicando-se nos vidros dos armários, e as suas próprias fisionomias pálidas e amedrontadas.

— Este espelho deve ter visto coisas estranhas — murmurou Poole.

— A sua presença aqui já é estranha — replicou o advogado, no mesmo tom. — O que teria levado Jekyll... — estremeceu ao ouvir as próprias palavras, mas dominou a fraqueza. — Que faria Jekyll com isso?

— Quem pode saber! — disse Poole.

Voltaram depois para a mesa de trabalho. Entre os papéis cuidadosamente arrumados, destacava-se um envelope grande e, escrito pela mão do médico, o nome de Utterson. O advogado abriu-o, e vários documentos caíram no chão. O primeiro era uma disposição de última vontade, feita nos mesmos termos excêntricos daquela que ele, seis meses antes, devolvera ao autor. Esta também devia valer como testamento em caso de morte ou servir como doação na hipótese de um desaparecimento. Mas, em vez do nome de Edward Hyde, o advogado leu, com espanto, o de Gabriel John Utterson. Olhou para o mordomo, depois para os outros papéis e por fim para o cadáver que jazia sobre o tapete.

— Minha cabeça está rodando — murmurou. — Todos estes dias esse malfeitor esteve de posse destes documentos. Não tinha motivos para gostar de mim. Devia estar furioso com a substituição do seu nome como herdeiro; e apesar disso não destruiu o testamento!

Pegou o outro papel. Era um bilhete escrito pelo médico, com a data em cima.

— Oh, Poole — exclamou o advogado —, estava vivo hoje e aqui presente. O bandido não pode ter dado cabo nele em tão curto prazo. Deve estar vivo, deve ter fugido! Mas como? E, nesse caso, é arriscado prevenir a polícia quanto ao suicídio. É preciso cautela. É capaz de acabarmos por envolver o doutor em alguma terrível embrulhada.

— Mas por que não o lê, senhor?

— Tenho medo — replicou solenemente Utterson. — Queira Deus que não haja motivos para isso! — Mas levou o papel à altura dos olhos e leu o seguinte:

> Meu caro Utterson. Quando esta lhe chegar às mãos, já terei desaparecido, em circunstâncias que não posso prever; mas o instinto e todos os fatos desta situação indescritível dizem-me que o fim é certo e não deve tardar muito. Nesse caso, pois, leia primeiro a narrativa que Lanyon me preveniu ter entregado a você e, se desejar saber mais, leia a confissão do seu indigno e desventurado amigo,
>
> Henry Jekyll.

— Há mais algum envelope? — perguntou Utterson.

— Ei-lo — disse Poole, entregando-lhe um embrulho volumoso, lacrado em vários pontos.

— Vou calar-me quanto a este papel — disse. — Se o seu patrão fugiu ou está morto, temos, em qualquer caso, de lhe salvar a reputação. São dez horas. Vou para casa ler isto com todo o sossego; mas voltarei antes da meia-noite, e então chamaremos a polícia.

Saíram, fechando a chave a porta do laboratório. E Utterson, deixando os criados reunidos na lareira, foi para o escritório ler as duas narrativas em que este mistério seria, finalmente, explicado.

❖

Capítulo 9

A narrativa de Lanyon

No dia 9 de janeiro, ou seja, há quatro dias, recebi pelo correio da tarde um envelope registrado, remetido pelo meu colega e velho companheiro de escola, Henry Jekyll. Fiquei bastante surpreendido com isso, porque não tínhamos o costume de nos corresponder. Ademais, havíamos jantado na noite anterior, e nada, nessa ocasião, me fizera suspeitar que me enviaria uma carta. O teor desta só fez aumentar o meu espanto. Eis o que estava escrito:

10 de dezembro de 18...

Caro Lanyon. Você é um dos meus mais velhos amigos; e ainda que uma vez por outra houvéssemos divergido em questões científicas, não me lembro, pelo menos por minha parte, de qualquer quebra em nossa afeição. Se algum dia você me dissesse: "Jekyll, a minha vida, a minha honra, a minha razão dependem de você", eu teria sacrificado os meus bens e os meus fracos préstimos para ajudar você. Lanyon, a minha vida, razão e honra estão em suas mãos; se não me amparar esta noite, estou perdido. Você pode pensar, depois deste preâmbulo, que recorro a você para envolvê-lo em qualquer negócio indigno. Mas avalie por você mesmo.

Peço-lhe que cancele quaisquer outros compromissos

para esta noite, ainda que fosse um chamado para estar à cabeceira de um rei. Se a sua carruagem não estiver disponível, tome uma outra e, trazendo esta carta com instruções com você, venha direto à minha casa. Poole tem ordem de ir buscá-lo, trazendo também um serralheiro. Então, a porta do meu gabinete deverá ser arrombada. Você deverá entrar sozinho. Daí, abra o armário assinalado com letra E, pelo lado esquerdo (se a fechadura não ceder, você deve arrombar). Retire, então, tudo o que estiver na quarta gaveta de cima para baixo ou, o que dá no mesmo, a terceira de baixo para cima.

Neste estado de extrema aflição em que me encontro, tenho medo de não lhe dar a indicação precisa e clara; contudo, ainda que eu tenha me enganado, você reconhecerá a gaveta pelo seu conteúdo, a saber, um frasco, alguns pós e um bloco de apontamentos. Peço-lhe que leve tudo o que contiver essa gaveta à Cavendish Square.

Eis a primeira parte do favor. Vamos agora à segunda: você deverá estar de volta, se partir tão logo receber esta, muito antes da meia-noite. Entretanto, quero deixar-lhe essa margem de tempo não só pelo receio de que possa ocorrer algum imprevisto, como também porque é preferível escolher uma hora em que seus empregados já se tenham recolhido.

À meia-noite, pois, imploro a você que esteja sozinho em seu escritório, para pessoalmente receber um homem, que irá se identificar como meu mensageiro, e ao qual você deverá entregar as coisas que pegou da minha gaveta. Isso feito, a missão terá terminado e você terá obtido minha eterna gratidão. Cinco minutos depois, se insistir em ter uma explicação, compreenderá que todas essas disposições são de importância crucial; e pelo esquecimento de uma só, por estranha ou insignificante que pareça, você terá a consciência oprimida pela minha morte, ou pela perda da minha razão.

Acredito que não deixará de dar a devida importância ao meu pedido. Só ao supor que você não me atenderia, meu coração se agita e minhas mãos tremem. Imagine-me a esta hora, num lugar estranho, sob o mais negro dos tormentos que ninguém pode calcular, mas convencido de que, se concordar em me ajudar, o meu pesadelo acabará como quem acorda de um sonho. Ajude-me, querido Lanyon, e salve o

Seu amigo

H. J.

P. S. — Já havia fechado esta carta, quando novo terror se apoderou da minha alma. É possível que o correio esteja encerrado e que não a receba antes de amanhã. Nesta hipótese, cumpra sua missão quando mais lhe convier durante o dia; e, espere, ainda neste caso, o meu mensageiro à meia-noite. Talvez seja então tarde demais. Se esta noite passar sem a realização destas prescrições, fique sabendo que foi a última em que viveu Henry Jekyll.

Depois da leitura dessa carta, persuadi-me de que o meu colega havia enlouquecido; porém, até que se provasse o contrário, sentia-me no dever de atender ao pedido. Se eu pouco conseguia entender dessa confusão, muito menos ainda estava em situação de julgar-lhe a importância, e não se podia, sem grave responsabilidade, recusar um apelo assim redigido. Levantei-me da mesa, entrei em um coche e fui direito à casa de Jekyll. O mordomo esperava-me: recebera, pelo mesmo correio, uma carta registrada, com as instruções, e mandara chamar ao mesmo tempo o serralheiro e o carpinteiro. Os operários chegaram enquanto conversávamos. E fomos todos para o velho anfiteatro do dr. Denman, onde Jekyll instalou o seu gabinete particular. A porta era rija, a fechadura, magnífica: o carpinteiro declarou que teria dificuldade e faria muito estrago se tivesse de arrombar. O serralheiro quase se desesperou. Mas era hábil, e depois de duas horas de trabalho a porta foi aberta. O armário letra E não estava fechado a chave. Retirei a gaveta, enchi-a com palha, embrulhei-a numa folha de papel e voltei com isso para a minha casa de Cavendish Square.

Aí chegando, passei a examinar-lhe o conteúdo. Os pós estavam acondicionados com cuidado, mas não com a perícia de um farmacêutico: era com certeza trabalho do próprio Jekyll; e, quando abri um dos pacotes, pareceu-me que contivesse apenas um sal em cristais de cor branca. Quanto ao frasco, sobre o qual recaiu a minha atenção, estava quase cheio de um líquido, cor de sangue, altamente desagradável ao olfato, parecendo-me conter fósforo e alguma substância volátil. Dos outros ingredientes não atinei com a natureza. O bloco de anotações não trazia mais que uma série de datas, que abrangiam um período de muitos anos; mas essas anotações cessavam bruscamente no ano passado. Aqui e ali, curta observação acrescentada a uma data, geralmente uma simples palavra: "duplicata", que ocorria talvez seis vezes num conjunto de centenas de dias. E uma nota, muito recente na lista, seguida de vários pontos de exclamação: "Fracassou totalmente!!!" Tudo isso, que aguçava minha curiosidade, pouco me dizia de concreto: um frasco com alguma tintura qualquer, papéis com sais, e anotações de uma série de experiências que não haviam chegado — como muitas das expe-riências de Jekyll — a qualquer resultado prático. Como poderia a presença dessas coisas na minha casa afetar tanto a honra, como o juízo, como a vida do meu amigo? Se o seu mensageiro podia vir a um lugar, por que não podia ir a outro? E, mesmo admitindo qualquer impedimento, por que é que esse cavalheiro tinha de ser recebido por mim em sigilo? Quanto mais refletia, mais me convencia de que estava às voltas com um caso de distúrbio mental. E, embora houvesse mandado que meus criados se recolhessem, levei um revólver, pois bem podia me ver em situação de legítima defesa.

Soavam sobre Londres as pancadas de meia-noite, e já ouvia bater levemente à porta. Fui eu mesmo abrir, e deparei-me com um homenzinho agachado sob as colunas do átrio.

— Vem da parte do dr. Jekyll? — perguntei.

Respondeu-me "Venho" de uma maneira constrangida; quando o convidei a entrar, não o fez sem lançar um olhar para trás, para o escuro da praça. Bem perto estava um policial, com a lanterna acesa. Ao vê-lo, o visitante tremeu e mostrou-se ainda mais apressado.

Admito que esses pormenores tiveram um efeito desagradável sobre mim. E, enquanto o seguia até à sala das consultas, segurei na mão o revólver. Aqui, finalmente, tinha probabilidade de o ver melhor. Nunca até então o encontrara, não havia dúvida nenhuma. Era baixo, como disse, e impressionava-me a sua estranha expressão; aquele misto de grande atividade física e aparente debilidade de constituição; e por fim, embora não menos importante, singular perturbação que em mim causava a sua proximidade. Era como um calafrio, acompanhado de sensível baixa de pulso. Nessa altura atribuí o fato a alguma idiossincrasia, a uma aversão pessoal, e só me admirei da acuidade dos sintomas. Mas sou levado a crer que a causa dessa repugnância instintiva estava mais profundamente na natureza da criatura e se baseava em um motivo mais nobre que a simples aversão.

Aquele indivíduo — que, desde o primeiro instante, havia me impressionado a ponto de o descrever apenas como uma curiosidade repugnante — estava vestido de forma que faria rir a pessoa mais sisuda, e a roupa, ainda que de muito bom corte e qualidade, era imensamente maior do que a sua pessoa: as calças flutuavam nas pernas, arregaçadas para não roçar o chão, a cintura do casaco descia abaixo dos quadris e a gola abria-se até aos ombros.

Mas, estranhamente, aquele modo esquisito de trajar-se estava longe de me provocar o riso. Pelo contrário, como existia qualquer coisa de anormal e disparatado na própria natureza do indivíduo que eu tinha à minha frente — ao mesmo tempo dominadora, surpreendente e revoltante —, essa nova extravagância não fez senão reforçar esse caráter; e assim, ao meu interesse pela essência humana daquele ser, acrescentava-se a curiosidade pela sua origem, pela sua vida e condição social.

Essas considerações, embora ocupem aqui grande espaço, foram, contudo, feitas em poucos segundos. O visitante ardia na chama de uma excitação sinistra.

— Tem as coisas? — perguntou. — Tem as coisas?

E tão grande era a sua impaciência, que me agarrou no braço e o sacudiu.

Repeli-o, com a sensação de que o seu contato me fazia gelar o sangue.

— Espere um pouco — disse-lhe. — Esquece-se de que não tenho ainda o prazer de o conhecer. Mas sente-se, por favor. — Indiquei-lhe uma cadeira e sentei-me no meu canto favorito, procurando conservar a atitude que tenho para com os doentes que me consultam, apesar do adiantado da hora, da natureza das minhas preocupações e do horror que me inspirava o visitante.

— Queira desculpar, dr. Lanyon — observou muito delicadamente. — O que diz é verdade, e a minha impaciência fez-me esquecer a educação. Venho aqui a pedido do seu colega, o dr. Henry Jekyll, e em uma missão de gravidade e urgência... Refiro-me à... — Aqui fez uma pausa, pôs a mão no peito e, apesar do seu ar tranquilo, dir-se-ia lutar contra a aproximação de um ataque histérico. — Refiro-me à gaveta...

Nesse momento tive pena dele, e talvez também da minha curiosidade crescente. E então, apresentando-lhe a gaveta, que estava no chão atrás de uma mesa e ainda coberta com o papel de embrulho, disse-lhe:

— Ei-la.

Fez menção de a ir buscar, mas deteve-se e deixou a mão aberta sobre o coração. Eu podia ouvir o ruído dos dentes que lhe batiam convulsivamente. O rosto era tão fantasmagórico que eu receei pelo seu juízo e pela sua vida.

— Acalme-se — aconselhei.

Os lábios mostraram um sorriso horrível, e, num ato de desespero, puxou o papel que cobria a gaveta. Ao ver-lhe o conteúdo, soltou tal grito de alívio que fiquei petrificado. E a seguir, com uma voz que já parecia perfeitamente controlada, perguntou-me:

— Você tem um copo graduado?

Levantei-me com certo esforço e fui buscar o que ele queria.

Agradeceu-me com uma inclinação de cabeça, mediu umas gotas da tintura vermelha e adicionou um dos pós. A mistura, que a princípio era avermelhada, tornou-se, à medida que o pó se dissolvia, mais clara e efervescente, deixando exalar algum vapor. De repente a ebulição cessou, e a composição ficou cor de púrpura, muito escura, desbotando lentamente para um verde-aguado. O desconhecido, que observava todas essas metamorfoses com muita atenção, sorriu, pôs o copo em cima da mesa, voltou-se e olhou para mim com olhar interrogador.

— Agora, estabeleçamos o seguinte. Permite que eu pegue este copo e saia da sua casa sem dizer mais nenhuma palavra? Ou a sua curiosidade é muito grande e prefere conhecer todo esse mistério? Pense antes de responder, porque respeitarei a sua decisão. No primeiro caso, ficará como antes, nem mais sábio nem mais rico, a menos que o sentimento de ter prestado um serviço a alguém em situação difícil seja considerado riqueza de alma. Na segunda hipótese, um novo campo de conhecimento se abrirá diante de seus olhos, com possibilidades de fama e influência, aqui, nesta sala, num rápido instante. Ficará deslumbrado por um prodígio, e sua descrença em Satanás ficará abalada.

— Fala por enigmas — respondi, afetando uma indiferença que estava longe de sentir. — Não se admire se eu, portanto, não prestar muita atenção no que diz. Porém, já fui longe demais na prestação de inexplicáveis favores, e agora prefiro ver em que isso acaba.

— Está bem, Lanyon. Mas não se esqueça de que o que vai acontecer é segredo profissional. E agora você, que por tanto tempo ficou confinado na estreiteza das coisas materiais, que negou a virtude da medicina transcendental, que escaneceu dos seus superiores... abra os olhos e veja!

O homem levou a proveta à boca e bebeu de uma só vez. Soltou um grito. Cambaleou, vacilou, agarrou-se à mesa, de olhos esgazeados, respirando com a boca aberta. Mas, enquanto eu olhava, principiou... assim me quis parecer..., a transformar-se, a inchar, a cara tornava-se negra, as feições como que dissolvendo e alterando-se. Pus-me de pé e, num pulo, encostei-me à parede, com um braço erguido para me proteger. Depois deixei-me cair, escorregando pela parede abaixo, com a mão no rosto para não continuar a ver semelhante espetáculo. O entendimento fugia-me, mergulhado em um imenso terror.

— Meu Deus! — exclamei. — Meu Deus! — repeti. E diante de mim, pálido e trêmulo, meio desfalecido, andando às apalpadelas, como um ressuscitado, estava Henry Jekyll!

O que me disse depois não me é possível passar para o papel. Vi o que vi, ouvi o que ouvi, e a minha alma ficou para sempre perturbada; e mesmo agora, que essa visão se desfez, pergunto a mim mesmo se devo acreditar, e não sei responder. A minha vida se abalou até as raízes. Não posso dormir. Um terror mortal acompanha-me de noite e de dia. Sinto que meus dias estão contados e que vou morrer. E todavia morrerei sem acreditar. Pela torpeza moral que esse homem me revelou, eu não posso, mesmo com lágrimas de penitência, nem sequer em pensamento, considerá-lo sem um estremecimento de horror. Direi mais uma coisa apenas, Utterson, e isso será, se você acreditar em mim, o bastante: a pessoa que entrou em minha casa naquela noite era, segundo confissão do próprio Henry Jekyll, conhecida pelo nome Hyde e perseguida em todos os recantos do país como o assassino de Carew.

Hastie Lanyon

❖

Capítulo 10

A confissão completa de Henry Jekyll

Nasci no ano 18... herdeiro de grande fortuna, e dotado dc excelentes qualidades, propenso por natureza à vida ativa, respeitava e aspirava ao respeito dos mais sábios e melhores entre os meus semelhantes. Desse modo, como se pode supor, tudo me garantia um futuro brilhante e cheio de distinções. Na verdade, o maior de meus defeitos era uma disposição por demais jovial e impaciente, que tem feito o prazer de muitos, que, contudo, eu considerava inconciliável com o meu grande desejo de ser reconhecido como pessoa séria e respeitabilíssima. Por isso, tratei de ocultar os meus divertimentos e comecei a olhar à minha volta, a fim de avaliar os progressos feitos e a minha posição na sociedade. Já era profunda a duplicidade do meu caráter. Muitos homens teriam confessado com orgulho certos erros. Eu, todavia, tendo em vista os altos propósitos aos quais visava, só podia envergonhar-me dessas irregularidades: ocultava-as, com mórbida sensação de culpa e vergonha. Assim exigia a natureza das minhas aspirações, mais do que a própria degradação dos pecados; ia-se cavando em mim, mais do que na maioria dos mortais, esse profundo fosso que separa o mal do bem e divide e compõe a dualidade da nossa alma.

E desse modo fui levado a refletir, de maneira penetrante e irresistível, naquela pesada lei da vida, que está na base da religião e é uma das mais abundantes fontes das aflições humanas. Ainda que tão entranhadamente dissimulado, estava longe de ser um hipócrita. Ambas as minhas inclinações eram vividas por mim com honestidade. Eu era sempre eu mesmo: quando deixava de lado o constrangimento e mergulhava na ignomínia, e quando mergulhava no trabalho, à luz do dia, pelo avanço dos meus conhecimentos e alívio de dores e tristezas.

E aconteceu que o sentido dos meus estudos científicos, que me conduziam à mística e às coisas transcendentes, suscitou e derramou imensa claridade nesse caráter de guerra permanente entre o bem e o mal em que me debatia. Em cada dia, as duas partes da minha inteligência, a moral e a intelectual, atraíam-me mais e mais para essa verdade, cuja descoberta parcial fora em mim condenada a tão pavoroso naufrágio: que o homem não é realmente uno, mas duplo. Digo duplo porque o estado do meu conhecimento não vai além desse ponto. Outros poderão prosseguir, outros exceder-me-ão nesses limites; mas atrevo-me a pensar que o homem será um dia caracterizado pela sua constituição multiforme, incongruente, com suas facetas independentes umas das outras. De minha parte, segui infalivelmente numa só direção. Na minha própria pessoa habituei-me a reconhecer a verdadeira e primitiva dualidade humana, sob o aspecto moral. Depreendi isso das duas naturezas que formam o conteúdo da consciência, e, se eu pudesse corretamente dizer que era qualquer das duas, seria ainda uma prova de que eu era ambas. Desde muito tempo, ainda antes que as minhas descobertas científicas começassem a sugerir-me a simples possibilidade de semelhante milagre, aprendi a admitir e a saborear, como uma fantasia deliciosa, o pensamento da separação daqueles dois elementos. Se cada um, dizia eu comigo, pudesse habitar numa entidade diferente, a vida libertar-se-ia de tudo o que é intolerável. O mau poderia seguir o seu destino, livre das aspirações e remorsos do seu irmão gêmeo, a sua contraparte boa; e esta caminharia resolutamente, cheia de segurança, no caminho da virtude, fazendo o bem em que tanto se compraz, sem se expor à desonra e à penitência engendradas pelo perverso. Constitui uma maldição do gênero humano que esses dois elementos estejam tão estreitamente ligados; que no âmago torturado da consciência continuem a digladiar-se. De que modo poderiam ser dissociados?

Eu já estava adiantado nas minhas reflexões, quando, como disse, nas minhas experiências de laboratório comecei a vislumbrar o problema. Percebi mais claramente do que nunca a trêmula imaterialidade, a nebulosidade efêmera deste corpo tão aparentemente sólido de que somos revestidos. Certos reagentes, eu sabia, tinham a propriedade de abalar e repuxar o revestimento carnal, como o vento que sacode uma bandeira desfraldada. Por duas boas razões, não me aprofundarei no aspecto científico da minha confissão. Primeiro, porque sei que a sorte e o fardo da vida pesam irremediavelmente sobre os ombros do homem; pretendemos nos livrar deles, e caem de novo sobre nós com maior e mais impiedosa força. Segundo, como esta narração tornará — pobre de mim! — bastante evidente, minhas descobertas não chegaram a ser completas. Bastou, pois, que eu distinguisse o meu verdadeiro corpo da simples aura ou resplendor de certas faculdades que compõem o espírito, para imaginar uma droga por meio da qual tais faculdades fossem anuladas da sua supremacia e obtivesse uma segunda forma corpórea, em substituição da primeira, e com feições que dessem a expressão e imprimissem o cunho dos mais baixos elementos da minha alma.

Hesitei muito antes de pôr em prática a teoria. Sabia perfeitamente que aquilo era muito arriscado; eu poderia morrer. Pois qualquer droga que abalasse tão intensamente e alterasse a constituição da identidade podia, por um descuido no cálculo da dosagem ou pela má escolha do momento de a ingerir, causar a destruição total do corpo que eu pretendia transformar. Mas a tentação de uma descoberta tão singular e profunda dominou por fim todos os receios. Levei tempo a preparar a mistura. Comprei de uma vez só, de um atacadista de produtos químicos, grande quantidade de certo sal, que eu sabia, pelas minhas experiências, ser o melhor ingrediente para o caso; e em uma maldita noite, misturei-o com outras coisas; vi tudo ferver e fumegar num copo. Quando a ebulição cessou, com toda coragem, engoli a poção.

Sucederam-se transes da maior angústia: ranger dos ossos, náuseas mortais, e o tormento do espírito que está para nascer ou morrer. Depois, essas agonias tornaram-se subitamente menores, e voltei a mim como quem convalesce de uma doença. Havia algo de estranho nas minhas sensações, algo de novo e indescritível que, pelo seu ineditismo, era incrivelmente agradável. Senti-me mais novo, mais leve, mais bem-disposto, e experimentava, no meu íntimo, uma impetuosa ousadia; desenrolavam-se, na minha fantasia, desordenadas imagens sensuais, vertiginosamente; desfaziam-se os vínculos morais e se mostrava agora uma liberdade da alma que, entretanto, não era inocente. Considerei-me, desde o primeiro sopro da minha nova existência, de ânimo mais perverso, dez vezes mais iníquo, reintegrado na maldade original; e esse pensamento, naquela hora, prendia-me e deliciava-me como um vinho. Estendi as mãos, exultando à ideia de inéditas sensações e, então, percebi de repente que havia diminuído de estatura.

Nessa ocasião não havia espelho no meu gabinete. Este que tenho agora atrás de mim, quando escrevo, foi colocado mais tarde, com o propósito de observar essas transformações. A noite, entretanto, cedera o lugar à madrugada, e a madrugada, escura ainda, engendrava o novo dia; os criados havia muito estavam dormindo. Agitado como estava com aquele triunfo, atrevi-me a caminhar até o meu quarto de dormir, naquela minha nova forma corporal. Atravessei o pátio, à luz das constelações, que deviam ter contemplado, com espanto, a primeira criatura dessa espécie que jamais existira, insinuei-me pelos corredores, como um estranho em minha própria casa e, chegando ao quarto, vi, pela primeira vez, a figura de Edward Hyde.

Falo apenas em teoria, não dizendo que sei, mas que suponho ser provável. O lado mau da minha natureza, ao qual acabava de dar corpo, era menos robusto e menos desenvolvido do que o lado bom, de que me tinha desintegrado. Além disso, na minha vida, que havia sido afinal, na sua maior parte, uma existência de trabalho, virtude e autodomínio, esse lado mau despendera muito menos esforço e energia. E daqui resultou, segundo concluo, que Edward Hyde parecia mais novo, mais ágil, mais leve do que Henry Jekyll. Assim como o lado bom resplandecera na fisionomia deste, o outro lado estava escrito na face daquele. Além disso, esse lado mau — que suponho seja a parte mortal do homem — deixava-me no corpo uma marca de deformidade e degenerescência. E contudo, quando olhava no espelho para essa feia imagem, não sentia nenhuma repugnância, antes um alvoroçado prazer. Pois se era eu também! Portanto, era natural e humano. Aos meus olhos surgia um reflexo mais vivo do espírito, dir-se-ia mais expressivo e original do que a imperfeita feição que eu até aí me acostumara a chamar minha. Neste ponto, eu certamente tinha razão. Observei que ao usar a máscara de Edward Hyde ninguém se aproximava de mim sem visível receio. Isso decorria do fato de que todos os seres humanos, tal qual os vemos, são compostos do bem e do mal: e Edward Hyde — único na humanidade — era de pura essência maléfica.

Demorei-me apenas um momento diante do espelho. Restava realizar a segunda e decisiva experiência: saber se perdera para sempre a minha identidade, e neste caso devia fugir, antes de ser dia claro, de uma casa que já não me pertencia. Voltei rapidamente para o gabinete e mais uma vez preparei e bebi um copo do meu invento, passando novamente pelos tormentos da dissociação, e voltando a ser Henry Jekyll, com a sua estatura, o seu caráter e o seu rosto.

Aquela noite tinha-me levado a uma encruzilhada fatal. Realizara a descoberta com os mais nobres propósitos, arriscara-me na experiência enquanto estava sob o império de aspirações generosas e científicas, e dessas agonias do nascimento e da morte regressei um anjo em lugar de ficar demônio. A droga não tinha nenhuma ação característica, não era nem diabólica nem divina, apenas abalou as portas da prisão das minhas inclinações. E, como os prisioneiros de Filipos, o que estava dentro libertou-se. Nessa época, a minha virtude cochilava, mas o mal, despertado pela ambição, estava alerta e pronto ao primeiro sinal. E daí resultou Edward Hyde. Portanto, se tinha dois caracteres e duas aparências, uma dessas era inteiramente inclinada ao mal, a outra era ainda o velho Henry Jekyll, esse incongruente composto, cuja melhora e aperfeiçoamento eu havia já perdido a esperança de conseguir. Por isso, o movimento seguia na direção do pior.

Por essa época, não adquirira ainda aversão à aridez da vida de estudo. Continuaria alegremente disposto por mais um tempo; e como as minhas distrações não eram — para dizer o mínimo — muito dignificantes, e eu era não só muito conhecido e altamente considerado, como também caminhava para uma idade respeitável, essa incoerência da minha vida principiava a tornar-se importuna. Foi nessas condições que aquele novo poder me tentou até me tornar seu escravo. Bastaria beber um copo da droga para me libertar do corpo do médico célebre e assumir, como um disfarce perfeito, a figura de Edward Hyde. Sorri àquela ideia. Parecia-me então ser uma coisa divertida, e fiz os meus preparativos com todas as precauções. Arranjei e mobiliei essa casa no Soho, que depois foi revistada pela polícia, e contratei, como governanta, uma mulher que eu sabia ser discreta e sem muitos escrúpulos. Por outro lado, participei aos meus antigos criados que um tal sr. Hyde — cujo aspecto descrevi — ficaria com plenos poderes e liberdade de entrar em casa; e, para prevenir qualquer problema, eu próprio me tornei, sob o meu segundo caráter e aspecto, familiar e assíduo ali. Depois redigi o testamento a que Utterson iria fazer tantas objeções; pois, se alguma coisa me acontecesse na qualidade de dr. Jekyll, eu entraria sem prejuízos econômicos na pessoa de Edward Hyde. E assim precavendo-me, como supus, em todos os pormenores, comecei a usufruir as estranhas imunidades da minha posição.

Existem homens que contratam matadores para praticarem os crimes, enquanto a sua própria pessoa e reputação ficam a salvo. Eu era o primeiro que atendia aos seus instintos. Eu era o primeiro que, aos olhos do público, exibia uma vida de respeitabilidade e que num momento, como um estudante irresponsável, se despojava dessa hipocrisia e mergulhava, de cabeça, no mar da liberdade. Para mim, envolto em um anonimato impenetrável, a impunidade estava garantida. Pense: eu tinha a identidade que quisesse! Era só entrar no laboratório, misturar apenas em dois segundos a bebida milagrosa, engoli-la de um só trago, e pronto!: tal como tinha nascido, o Edward Hyde dissipava-se no espelho, como o vapor efêmero da respiração... Ei-lo depois sossegado no seu gabinete, sob a forma de Henry Jekyll, entregue aos seus estudos e a rir-se de quaisquer suspeitas.

Os prazeres a que me entregava, sob o disfarce, eram, como disse, indignos; eu não conseguiria fazer uso de um termo mais baixo. Porém na pele de Edward Hyde esses prazeres atingiam a monstruosidade. Ao voltar dessas excursões, muitas vezes recaía numa espécie de assombro ao pensar na minha depravação. Esse ser que eu extraíra de minha própria alma e atirara sozinho no caminho do pecado era, por natureza, maligno e infame; todas as suas ações e pensamentos o denunciavam. Ele sorvia o prazer com avidez bestial, insensível como uma criatura de pedra. Por vezes Jekyll ficava horrorizado com os atos praticados por Hyde. Mas a situação estava à margem da lei e fora do alcance da consciência. Afinal, era Hyde e só Hyde o culpado. Jekyll não ficava pior por isso: regressava, íntegro, às suas boas qualidades, e procurava, sempre que possível, desfazer o mal causado por Hyde. Assim, sua consciência ficava adormecida.

Não pretendo aprofundar-me no relato das infâmias que cometi. Quero apenas referir-me aos fatos subsequentes, que me indicaram que o castigo não demoraria a chegar. Começarei por um acidente que, se não tivesse mais consequências, nem valeria a pena mencionar. Num ato de crueldade contra uma criança, despertei a ira de um transeunte, em quem reconheci mais tarde a pessoa de um seu parente. O médico e a família da vítima uniram-se a ele: foram momentos em que temi pela minha vida. Por fim, e para acalmá-los do seu justo ressentimento, Edward Hyde trouxe-os até à porta e pagou-lhes com um cheque assinado por Henry Jekyll. Mas esse perigo foi facilmente eliminado no futuro com a abertura, em outro banco, de um crédito a favor do próprio Edward Hyde; e daí por diante, disfarçando a minha letra, dei ao meu duplo uma assinatura, dessa maneira supondo estar protegido dos golpes do destino.

Uns dois meses antes do assassinato de *Sir* Danvers, eu havia estado em uma das minhas aventuras e regressado tarde da noite; no dia seguinte acordei e senti estranhas sensações. Inutilmente procurei a causa; em vão contemplei o mobiliário elegante e as belas proporções do meu quarto, na minha verdadeira casa; em vão reconheci o padrão dos cortinados do leito e o desenho da madeira de mogno. Alguma coisa me dizia que eu não estava ali, que havia acordado em outro lugar, lá no pequenino quarto do Soho, onde me acostumara a dormir sob a forma de Edward Hyde. Sorri dessa fraqueza e, no meu foro científico, comecei a examinar devagar quais os elementos dessa ilusão, enquanto me espreguiçava no torpor confortável da manhã. Estava ainda pensando no caso, quando, já mais acordado, meu olhar caiu sobre minhas mãos. As de Henry Jekyll — como você muitas vezes notou — são mãos de intelectual, no tamanho e no feitio: fortes, brancas e firmes. Mas aquelas que eu via agora, com toda a evidência, à luz amarelada dessa manhã londrina, meio ocultas nas mangas da camisa de dormir, eram secas, nodosas, ossudas, de um tom escuro e sombreadas por uma espessa camada de pelo. Eram as mãos de Edward Hyde!

Permaneci atônito durante meio minuto, oprimido, como estava, de espanto idiota, e só depois o terror me despertou de vez como num súbito bater de sinos. Saltei da cama e corri ao espelho. Ao primeiro encontro dos olhos com a imagem refletida, meu sangue transformou-se numa coisa esquisita e gelada. Ah, não havia dúvida: deitara-me Henry Jekyll e acordava Edward Hyde! Como explicar esse fenômeno?, perguntei a mim mesmo. E como remediá-lo?, insisti com novo ímpeto de terror. Já era manhã clara. Os criados já se haviam levantado. Todas as drogas estavam guardadas no gabinete, longe do quarto, e eu tinha de descer duas escadas para ir lá, atravessar o pátio e o laboratório, e isso me apavorava. Seria possível ocultar o rosto, mas como explicar a alteração da estatura? Então, com grande alívio, lembrei-me de que os criados já estavam acostumados a ver entrar e sair a figura do meu duplo. Vesti-me rapidamente, o melhor que pude, com um terno que me ficava larguíssimo, e fui de um lado a outro da casa, tendo encontrado Bradshaw, que arregalou os olhos e se voltou para ver o sr. Hyde em semelhantes condições e àquela hora matutina. Dez minutos depois, o Dr. Jekyll voltava à sua verdadeira forma e descia para fingir que tomava o café da manhã.

Havia perdido completamente o apetite. Esse lamentável incidente, essa metamorfose involuntária parecia, como na história da parede da Babilônia, ter escrito a minha sentença com todas as letras; e comecei a pensar mais seriamente nos prós e contras da minha dupla existência. A parte do meu ser que eu tinha a faculdade de projetar fora de mim estava agora mais exercitada e desenvolvida. Era como se o corpo de Edward Hyde houvesse crescido, como se — quando sob essa forma — o sangue me percorresse com mais calor. Foi quando inferi um perigo: se tal coisa se prolongasse, a balança da minha natureza começaria a pender para um lado, o poder da transformação voluntária tornar-se-ia difícil, e o caráter de Edward Hyde integrar-se-ia irrevogavelmente no meu. O êxito da droga não se manifestava sempre igual. Uma vez, no início de minhas experiências, falhara totalmente. Desde então, fui obrigado a dobrar a dose, e em outra ocasião, com risco de morte, a triplicar. Essas poucas contrariedades eram, até aqui, a única sombra que se projetava no meu contentamento. Agora, contudo, e depois do incidente da manhã, era levado a perceber que, se pelo contrário, no princípio, a dificuldade consistia em sair do corpo de Jekyll, a tendência fora gradualmente, mas definitivamente, fixando-se no lado oposto. Todas as circunstâncias, na atualidade, pareciam indicar que eu ia perdendo lentamente a influência da minha primitiva e melhor parte, e incorporando-me pouco a pouco no meu duplo, secundário e pior.

Era preciso escolher entre os dois. As minhas duas naturezas possuíam memória comum, mas outras faculdades comportavam-se de forma desigual. Jekyll, o ser composto, às vezes com bastante apreensão, às vezes com um desejo impetuoso, projetava e compartilhava dos prazeres e das aventuras de Hyde. Mas Hyde era indiferente a Jekyll, ou, se o recordava, era como os bandidos das montanhas ao se lembrarem da caverna em que se refugiam da justiça. Jekyll manifestava mais do que um interesse de pai; Hyde, menos que uma indiferença de filho. Entregar a minha sorte na carcaça de Jekyll era estrangular todos esses apetites que eu havia secretamente acariciado durante tempos e de que começava agora a regalar-me. Confinar-me no esqueleto de Hyde era morrer para milhares de aspirações e interesses espirituais e ficar, para sempre, tombado no opróbrio, sem uma única amizade. O negócio parecia desigual; mas havia ainda outra coisa a considerar no equilíbrio da balança: enquanto Jekyll sofreria pungentemente as torturas da abstinência, Hyde não teria consciência do que havia perdido. Por estranhas que fossem estas circunstâncias, os termos do seu debate eram banais, e velhos como a humanidade. Muitas vezes os mesmos incitamentos e sobressaltos conduzem à morte um pecador tentado e medroso. E aconteceu-me, como à maioria dos meus semelhantes, que optei pela parte sã e procurei defendê-la com unhas e dentes.

Sim, preferi ser o médico, embora mais velho, embora desgostoso, mas rodeado de amigos e acalentando honestas esperanças; disse adeus à liberdade, à relativa mocidade, aos pés ágeis, coração leve e prazeres clandestinos que gozara sob o disfarce de Hyde. Fiz essa escolha talvez com certa reserva inconsciente, pois nem me desfiz da casa do Soho nem destruí as roupas de Hyde, que ainda estavam penduradas no meu gabinete. Durante dois meses conservei-me firme na minha resolução, durante dois meses levei uma vida de austeridade, como jamais antes experimentara, e usufruí a compensação da consciência tranquila.

Mas o tempo acabou por apagar a intensidade desses remorsos, os escrúpulos tornaram-se banais, e eu passei a torturar-me com ansiedades e desejos, como Hyde lutando pela sua libertação. E um dia, num momento de fraqueza moral, preparei e bebi mais uma vez a droga transformadora.

Não creio que um bêbado, quando reflete sobre o vício da embriaguez, sinta, uma vez em quinhentas, os perigos a que se arrisca na sua embrutecedora degradação; nem eu, tanto quanto me lembre, levei em consideração a absoluta insensibilidade moral e insensata disposição para a perversidade, que eram as características de Edward Hyde. E por isso mesmo é que havia de ser punido. O meu demônio estivera muito tempo aprisionado, veio para a rua, a rugir furiosamente. Sentia-me consciente, mesmo quando tomei a poção, de uma desenfreada, inevitável propensão para o mal. Devia ter sido isso, quero crer, que me desencadeou na alma aquela tempestade de impaciência com que escutei as palavras extremamente corteses da minha desgraçada vítima; e, enfim, declaro perante Deus que nenhum homem moralmente são poderia ter sido arrastado a um crime com tão insignificante provocação, e que eu não tinha mais motivos para o fazer do que uma criança caprichosa quando quebra um brinquedo. Tinha-me despojado voluntariamente de todas essas faculdades de equilíbrio com que até o pior de nós continua firmemente através das tentações; no meu caso, ser tentado, o mais ligeiramente que fosse, significava logo uma queda.

Nesse instante, o espírito do mal despertou-me e enfureceu-me. Com um transporte de alegria infernal, ataquei o corpo indefeso, gozando deliciosamente cada golpe que desferia. E foi só quando a fraqueza do braço deu sinal que eu de repente, no auge da fúria, senti-me tomado por um arrepio de terror. A névoa dissipara-se; vi a minha cabeça posta a prêmio — e fugi da cena daqueles excessos, ao mesmo tempo trêmulo e triunfante, satisfeita a luxúria da maldade, e o meu amor à vida exacerbou-se até o limite. Corri para a casa do Soho e, para maior segurança, destruí vários documentos.

Depois saí pelas ruas onde luziam os lampiões, no mesmo estado de êxtase, saboreando o meu crime, planejando lucidamente alguns outros para o futuro e escutando na minha febre o som dos passos do vingador. Hyde tinha uma canção nos lábios quando compôs a sua droga, nessa noite, bebendo-a à saúde do morto. As torturas da transformação não lhe arrancaram nenhuma lágrima, mas Henry Jekyll, devorado de remorsos, caiu de joelhos e ergueu as mãos ao Senhor. O véu da indulgência rasgou-se-me de alto a baixo, e eu vi a minha vida toda, em conjunto. Segui-a desde os tempos da infância, quando ia pela mão de meu pai, e através do abnegado trabalho como médico, até chegar, pouco a pouco, sempre nesse cortejo de recordações, aos horrores infernais daquela noite. Acho que devo ter gritado; tentava, com prantos e orações, sufocar a multidão de sons e de imagens horríveis que me atormentavam a memória. Mas ainda assim, no meio das orações, a negra face do mal permanecia junto de minha alma. Quando depois diminuiu a violência desse remorso, sobreveio uma sensação de alegria. O problema da minha vida estaria resolvido. Hyde tornava-se daqui para a frente absolutamente impossível; quer eu quisesse ou não, estava agora confinado à melhor parte da minha natureza. Oh, como isso me fazia exultar de contentamento! Com que humildade eu abracei outra vez as restrições da vida natural! Com que sincera renúncia fechei a porta por onde saíra e entrara tantas vezes, e pisoteei-a!

No dia seguinte soube que Hyde havia sido identificado como o responsável por aquele crime e que a vítima pertencia à elevada esfera e gozava de muita consideração. Não fora apenas um crime, fora também um completo desatino. Creio que tive prazer em tomar conhecimento daquela repulsa que sentia a opinião pública; creio que regozijei por ter os meus bons impulsos assim protegidos e guardados pelo temor do patíbulo. Jekyll era agora o meu refúgio. Bastaria que Hyde aparecesse, nem que fosse por um só instante, que as mãos de toda a gente levantariam para o prender e matar.

Deliberei redimir o passado por meio da conduta futura. E posso dizer com sinceridade que essa resolução era o fruto do bem que em mim permanecia. Você sabe com que ardor, nos últimos meses do ano passado, esforcei-me para aliviar sofrimentos alheios; sabe que, quanto mais fazia pelos outros, mais os dias corriam tranquilos, quase felizes, para mim. Nem posso, na verdade, dizer que me fatigasse nessa vida inocente e benfazeja. Penso, pelo contrário, que em cada dia o meu bem-estar era maior. Mas estava ainda amaldiçoado pela minha dualidade; e, quando o primeiro rosário da minha penitência chegou ao fim, o meu lado mais baixo, durante tanto tempo em liberdade e só recentemente escravizado, começou a clamar por liberdade. Não que eu pensasse ressuscitar Hyde. Essa simples ideia me causava um terror indescritível. No entanto, como habitualmente acontece com os pecadores, caí, finalmente, sob os assaltos da tentação.

Mas tudo tem um fim. Por maior que seja o vaso, acaba sempre por transbordar; e essa breve condescendência para com o lado mau destruiu-me finalmente o equilíbrio da alma. Contudo, não fiquei alarmado; a queda parecia-me natural, como um regresso aos distanciados tempos que precederam a descoberta. Era um dia de janeiro, límpido e agradável, úmido sob os pés, onde a neve se misturara com a terra, porém o céu resplandecia sem nuvens. O Regent's Park estava repleto daquela animação do inverno e dos perfumes de uma primavera prematura. Sentei-me num banco, ao sol. A animalidade dentro de mim remexia-se e instigava a memória; o lado espiritual condescendia, prometendo subsequente penitência, mas não disposto ainda a começá-la. Afinal, pensava eu, sou como as outras pessoas; e sorri, comparando-me com os meus vizinhos, comparando a minha vontade ativa com a crueldade de sua negligência. E, precisamente no instante dessa ideia vaidosa, senti uma espécie de desmaio, uma náusea horrível e um grande medo. Essas sensações se dissiparam, mas senti-me fraco; e como a fraqueza continuasse comecei a desconfiar de certa alteração na natureza dos meus pensamentos, maior audácia, desprezo pelo perigo, ausência de qualquer constrangimento. Olhei para mim: a roupa pendia-me sem forma nos membros encolhidos. A mão que tinha sobre o joelho estava nodosa e cabeluda. E mais uma vez eu fui Edward Hyde. Um momento antes desfrutava o respeito dos meus semelhantes, tinha saúde, era benquisto — e a mesa posta, e o jantar à minha espera em casa. E agora, eu era o mais miserável dos homens, perseguido, sem lar, assassino conhecido, e condenado à forca.

Minha razão vacilava, mas não me abandonou inteiramente. Por mais de uma vez observara que no seu segundo caráter as faculdades pareciam aguçar-se mais, a inteligência ficava mais elástica. Assim aconteceu que, onde Jekyll talvez tivesse sucumbido, Hyde permaneceu senhor das circunstâncias. O remédio estava nos armários do meu gabinete: como ir buscá-lo? Eis o problema que, apertando o rosto entre as mãos, eu pretendia resolver. A porta do laboratório estava fechada. Se procurasse entrar em casa, meus próprios criados levar-me-iam à forca. Compreendi que devia me servir de outra pessoa, e lembrei-me de Lanyon. Como conseguiria falar com ele? E de que maneira persuadi-lo? Supondo que escapasse de ser preso na rua, como conseguiria chegar à sua presença? E como poderia eu, visitante desconhecido e desagradável, persuadir o médico ilustre a entrar no consultório do seu colega Jekyll? Então lembrei-me de que, do meu caráter originário, uma parte permanecia em mim: poderia escrever em nome de Jekyll. E depois dessa ideia luminosa o caminho que eu devia seguir ficava totalmente claro.

Com esse propósito, arranjei a roupa o melhor que pude e, tomando um coche que passava, ordenei que me levasse a um hotel em Portland Street, de cujo nome casualmente me lembrei. Ao ver-me assim — o que era na verdade bastante cômico, embora trágica a sorte de quem a roupa cobria —, o cocheiro não pôde esconder a sua vontade de rir. Rangi os dentes com fúria diabólica, e o sorriso murchou-lhe na face, felizmente para ele, e ainda mais felizmente para mim, pois em outra circunstância eu o teria certamente arrancado lá de cima do poleiro. Na estalagem, ao entrar, olhei em volta com um ar tão sombrio que os fregueses tremeram. Nem trocaram sequer um olhar enquanto permaneci ali. Obsequiosamente, o dono atendeu às minhas ordens, conduziu-me a um quarto particular e trouxe-me com que escrever. Hyde, em perigo de vida, era uma criatura nova para mim: abalado por uma cólera desordenada, amarrado à desonra de um assassinato, ansioso por cometer mais algum crime. Todavia a criatura era astuta e dominava a raiva com enorme esforço de vontade. Escreveu duas cartas importantes, uma para Lanyon, outra para Poole. E, quando se convenceu de que as podia mandar para o correio, enviou-as recomendando que deveriam ser registradas.

Depois, permaneceu o resto do dia sentado no quarto particular, junto à lareira, roendo as unhas. Ali jantou, sozinho com os seus temores, e o criado visivelmente constrangido à sua frente. Quando a noite já ia alta entrou em uma carruagem e fez-se conduzir a esmo através das ruas da cidade. *Ele*... pois não posso dizer eu... esse filho do Inferno não tinha nada de humano: nele mais nada existia além do medo e do ódio. E quando enfim julgou que o cocheiro começara a desconfiar, saiu da carruagem e aventurou-se a pé, naquela ridícula roupa, no meio dos notívagos de Londres. E aquelas duas paixões abjetas continuaram em tumulto dentro dele como uma tempestade. Andava depressa, dominado pelo medo, falando só, escondendo-se nos becos menos frequentados, contando os minutos que ainda faltavam para a meia-noite. Em certa ocasião houve uma mulher que se lhe dirigiu, oferecendo, suponho, uma caixa de fósforos. Ele bateu-lhe na cara, e ela fugiu.

Quando cheguei à casa de Lanyon, o horror do meu velho amigo talvez tenha me afetado um pouco. Não me lembro muito bem. Isso não era, afinal, senão uma gota de água no oceano, em comparação com o horror que senti ao relembrar as horas sombrias pelas quais passara. Havia ocorrido uma mudança em mim: não era o pavor da força, era o de ser Hyde que me torturava. Recebi a sentença de Lanyon em parte como num sonho. E foi ainda como num sonho que voltei para casa — a minha verdadeira casa — e me enfiei na cama. Dormi, depois das terríveis aflições daquele dia, um sono amargo e profundo, que nem mesmo os pesadelos que me dilaceravam foram capazes de interromper. Acordei no dia seguinte, cansado, fraco, mas com algum alívio. Ainda me assustava a ideia de que um animal dormia dentro de mim, e eu naturalmente não esquecera os medonhos perigos da véspera; porém, uma vez mais, encontrei-me na antiga casa, sozinho com as minhas drogas; o fulgor da gratidão por me haver salvado e o resplendor da esperança rivalizavam agora na minha alma.

Depois do almoço, fui vagarosamente até ao pátio, respirando com prazer a umidade do ar, e logo me assaltaram os indescritíveis sintomas que pressagiavam a metamorfose. Só tive tempo de chegar ao gabinete, onde novamente senti os furores e o enregelamento que denunciavam a presença de Hyde. E o outro eu tomou uma dose dobrada da mistura, para poder regressar a Jekyll. Mas, pobre de mim!, seis horas depois, quando descansava, olhando tristemente a lareira, os transes voltaram e a droga teve de ser ainda outra vez administrada. Em resumo: daquele dia em diante, só por um enorme esforço e sob o estímulo imediato do remédio é que eu conseguia conservar a fisionomia de Jekyll. A todas as horas do dia e da noite, sentia o tremor fatal a advertir-me. Sobretudo, se adormecia, ou dormitava por uns momentos na poltrona, era sempre na forma de Hyde que acordava. Sob a angústia dessa contínua ameaça e das vigílias a que me condenara, fui me tornando, muito mais do que julguei humanamente possível, uma criatura devorada e consumida pela febre, debilitada no corpo e no espírito e dominada por um único pensamento: o horror do outro eu. Se o sono me vencia, ou as virtudes do antídoto fracassavam, pulava, sem transição — porque as dores da transformação eram cada vez menos sensíveis — para dentro de um ser cuja imaginação era plena de imagens de pavor, e cuja alma era devorada por aflições sem causa; o corpo parecia não ser bastante forte para conter tão impetuosas energias vitais. As faculdades de Hyde deviam ter aumentado com a fraqueza de Jekyll. O ódio que os separava seria certamente, agora, o mesmo, tanto num lado como no outro. Em Jekyll derivava do seu instinto da vida, porque via presentemente a deformidade absoluta dessa criatura que compartilhara com ele os fenômenos da consciência e era seu coerdeiro na morte: e além desses elos comuns, que faziam, em ambos, a parte mais pungente do seu infortúnio, Jekyll considerava Hyde como uma coisa não apenas infernal, mas inorgânica. Eis o fato mais impressionante. E do fundo do abismo cavado pareciam erguer-se vozes e imprecações, o barro amorfo como que gesticulava e amaldiçoava, o que estava morto e não tinha forma tomava o lugar das funções da vida, e isso — essa miséria rebelde — prendia-se a ele, mais abraçado que uma mulher, mais cerrado do que as pálpebras; jazia enclausurado na sua carne, onde o sentia implorando e lutando por nascer — e em cada hora de fraqueza, em cada momento de sonolência, prevalecia contra ele e o destituía dos seus direitos.

O ódio de Hyde por Jekyll era diferente. O medo da forca impelia-o constantemente a cometer suicídios temporários e a voltar à posição subalterna de uma parte do seu todo; mas detestava essa necessidade, aborrecia o desânimo em que Jekyll se abatia, ressentido do ódio do qual era objeto. Daí os ardis simiescos com os quais pretendia me enredar, obrigando-me a rabiscar blasfêmias à margem dos meus livros, a queimar cartas e a destruir o retrato de meu pai. E se não fosse o seu medo da morte, há muito ter-se-ia destruído para me envolver na sua própria ruína. O amor pela vida, contudo, era extraordinário. Direi mais: eu, que adoecia e gelava de horror só em pensar nele, quando compreendi a abjeção e a persistência desse seu amor pelo mundo e quando percebi o receio que tinha de que o inutilizasse pelo meu suicídio, principiei a sentir compaixão por ele.

É inútil — meu tempo agora é tão curto... — prolongar esta descrição. Outro que tivesse sofrido esses tormentos acharia que foi mais que suficiente. E mesmo a respeito dessas dores, o costume trouxe-me, não digo alívio, mas uma certa indiferença da alma, certa condescendência com a desesperança. O meu castigo poderia durar muitos anos, mas essa última calamidade, que descrevi, separou-me finalmente da minha própria expressão e natureza. A minha provisão de sais, que nunca fora renovada desde a data da primeira experiência, começou a diminuir. Mandei comprar outra quantidade e procedi à mistura; produziu-se a efervescência e a primeira mudança de cor, porém não a segunda. Tomei-a, e não senti resultado nenhum. Poole deve ter contado como o mandei vasculhar por toda Londres. Foi tudo inútil. E estou agora persuadido de que a primeira remessa é que era impura e que foi essa impureza que deu eficácia à minha descoberta.

Já se passou quase uma semana, e estou agora encerrando este relato sob a influência da última dose dos primeiros sais. É, pois, a última vez, a menos que aconteça um milagre, que Henry Jekyll pensa com os seus pensamentos e contempla o seu autêntico rosto — tão tristemente desfigurado! — no espelho do gabinete. Não devo alongar-me na conclusão deste relato. Se a minha narrativa escapou até agora à destruição, deve-se isso a uma combinação de prudência e de sorte. Quando, no ato de escrever, me tomam as angústias da transformação, Hyde rasga em pedaços o papel. Mas se decorrer algum tempo depois de ter terminado a carta, o espantoso egoísmo do monstro e sua preocupação com o presente provavelmente a deixarão a salvo. A sentença que pesa sobre nós dois começará a esmagá-lo já. Daqui a meia hora, quando de novo e para sempre me tornar naquela personalidade odiosa, sentar-me-ei a tremer e a chorar numa poltrona, ou continuarei, com os ouvidos atentos, a passear por esta sala — meu último refúgio terreno —, à escuta de algum ruído ameaçador. Hyde morrerá no patíbulo? Ou terá a coragem de se libertar a si mesmo, no último momento? Só Deus o sabe. Não me preocupo. Esta é que é a minha última hora, e o que acontecer depois concerne a outro, não a mim. Aqui, portanto, ao descansar a pena e ao selar a minha confissão, ponho ponto final na infeliz vida deste médico infortunado que se chamou Henry Jekyll.

O objetivo, a filosofia e a missão da Editora Martin Claret

O principal objetivo da Martin Claret é contribuir para a difusão da educação e da cultura, por meio da democratização do livro, usando os canais de comercialização habituais, além de criar novos.

A filosofia de trabalho da Martin Claret consiste em produzir livros de qualidade a um preço acessível, para que possam ser apreciados pelo maior número possível de leitores.

A missão da Martin Claret é conscientizar e motivar as pessoas a desenvolver e utilizar o seu pleno potencial espiritual, mental, emocional e social.

O livro muda as pessoas. Revolucione-se: leia mais para ser mais!

MARTIN CLARET

Relação dos Volumes Publicados

1. **Dom Casmurro**
Machado de Assis
2. **O Príncipe**
Maquiavel
3. **Mensagem**
Fernando Pessoa
4. **O Lobo do Mar**
Jack London
5. **A Arte da Prudência**
Baltasar Gracián
6. **Iracema / Cinco Minutos**
José de Alencar
7. **Inocência**
Visconde de Taunay
8. **A Mulher de 30 Anos**
Honoré de Balzac
9. **A Moreninha**
Joaquim Manuel de Macedo
10. **A Escrava Isaura**
Bernardo Guimarães
11. **As Viagens - "Il Milione"**
Marco Polo
12. **O Retrato de Dorian Gray**
Oscar Wilde
13. **A Volta ao Mundo em 80 Dias**
Júlio Verne
14. **A Carne**
Júlio Ribeiro
15. **Amor de Perdição**
Camilo Castelo Branco
16. **Sonetos**
Luís de Camões
17. **O Guarani**
José de Alencar
18. **Memórias Póstumas de Brás Cubas**
Machado de Assis
19. **Lira dos Vinte Anos**
Álvares de Azevedo
20. **Apologia de Sócrates / Banquete**
Platão
21. **A Metamorfose/Um Artista da Fome/Carta a Meu Pai**
Franz Kafka
22. **Assim Falou Zaratustra**
Friedrich Nietzsche
23. **Triste Fim de Policarpo Quaresma**
Lima Barreto
24. **A Ilustre Casa de Ramires**
Eça de Queirós
25. **Memórias de um Sargento de Milícias**
Manuel Antônio de Almeida
26. **Robinson Crusoé**
Daniel Defoe
27. **Espumas Flutuantes**
Castro Alves
28. **O Ateneu**
Raul Pompeia
29. **O Noviço / O Juiz de Paz da Roça / Quem Casa Quer Casa**
Martins Pena
30. **A Relíquia**
Eça de Queirós
31. **O Jogador**
Dostoiévski
32. **Histórias Extraordinárias**
Edgar Allan Poe
33. **Os Lusíadas**
Luís de Camões
34. **As Aventuras de Tom Sawyer**
Mark Twain
35. **Bola de Sebo e Outros Contos**
Guy de Maupassant
36. **A República**
Platão
37. **Elogio da Loucura**
Erasmo de Rotterdam
38. **Caninos Brancos**
Jack London
39. **Hamlet**
William Shakespeare
40. **A Utopia**
Thomas More
41. **O Processo**
Franz Kafka
42. **O Médico e o Monstro**
Robert Louis Stevenson
43. **Ecce Homo**
Friedrich Nietzsche
44. **O Manifesto do Partido Comunista**
Marx e Engels
45. **Discurso do Método / Regras para a Direção do Espírito**
René Descartes
46. **Do Contrato Social**
Jean-Jacques Rousseau
47. **A Luta pelo Direito**
Rudolf von Ihering
48. **Dos Delitos e das Penas**
Cesare Beccaria
49. **A Ética Protestante e o Espírito do Capitalismo**
Max Weber
50. **O Anticristo**
Friedrich Nietzsche
51. **Os Sofrimentos do Jovem Werther**
Goethe
52. **As Flores do Mal**
Charles Baudelaire
53. **Ética a Nicômaco**
Aristóteles
54. **A Arte da Guerra**
Sun Tzu
55. **Imitação de Cristo**
Tomás de Kempis
56. **Cândido ou o Otimismo**
Voltaire
57. **Rei Lear**
William Shakespeare
58. **Frankenstein**
Mary Shelley
59. **Quincas Borba**
Machado de Assis
60. **Fedro**
Platão
61. **Política**
Aristóteles
62. **A Viuvinha / Encarnação**
José de Alencar
63. **As Regras do Método Sociológico**
Émile Durkheim
64. **O Cão dos Baskervilles**
Sir Arthur Conan Doyle
65. **Contos Escolhidos**
Machado de Assis
66. **Da Morte / Metafísica do Amor / Do Sofrimento do Mundo**
Arthur Schopenhauer
67. **As Minas do Rei Salomão**
Henry Rider Haggard
68. **Manuscritos Econômico-Filosóficos**
Karl Marx
69. **Um Estudo em Vermelho**
Sir Arthur Conan Doyle
70. **Meditações**
Marco Aurélio
71. **A Vida das Abelhas**
Maurice Materlinck
72. **O Cortiço**
Aluísio Azevedo
73. **Senhora**
José de Alencar
74. **Brás, Bexiga e Barra Funda / Laranja da China**
Antônio de Alcântara Machado
75. **Eugênia Grandet**
Honoré de Balzac
76. **Contos Gauchescos**
João Simões Lopes Neto
77. **Esaú e Jacó**
Machado de Assis
78. **O Desespero Humano**
Sören Kierkegaard
79. **Dos Deveres**
Cícero
80. **Ciência e Política**
Max Weber
81. **Satíricon**
Petrônio
82. **Eu e Outras Poesias**
Augusto dos Anjos
83. **Farsa de Inês Pereira / Auto da Barca do Inferno / Auto da Alma**
Gil Vicente
84. **A Desobediência Civil e Outros Escritos**
Henry David Toreau
85. **Para Além do Bem e do Mal**
Friedrich Nietzsche
86. **A Ilha do Tesouro**
R. Louis Stevenson
87. **Marília de Dirceu**
Tomás A. Gonzaga
88. **As Aventuras de Pinóquio**
Carlo Collodi
89. **Segundo Tratado Sobre o Governo**
John Locke
90. **Amor de Salvação**
Camilo Castelo Branco
91. **Broquéis/Faróis/ Últimos Sonetos**
Cruz e Souza
92. **I-Juca-Pirama / Os Timbiras / Outros Poemas**
Gonçalves Dias
93. **Romeu e Julieta**
William Shakespeare
94. **A Capital Federal**
Arthur Azevedo
95. **Diário de um Sedutor**
Sören Kierkegaard
96. **Carta de Pero Vaz de Caminha a El-Rei Sobre o Achamento do Brasil**
97. **Casa de Pensão**
Aluísio Azevedo
98. **Macbeth**
William Shakespeare

99. **Édipo Rei/Antígona**
Sófocles

100. **Lucíola**
José de Alencar

101. **As Aventuras de Sherlock Holmes**
Sir Arthur Conan Doyle

102. **Bom-Crioulo**
Adolfo Caminha

103. **Helena**
Machado de Assis

104. **Poemas Satíricos**
Gregório de Matos

105. **Escritos Políticos / A Arte da Guerra**
Maquiavel

106. **Ubirajara**
José de Alencar

107. **Diva**
José de Alencar

108. **Eurico, o Presbítero**
Alexandre Herculano

109. **Os Melhores Contos**
Lima Barreto

110. **A Luneta Mágica**
Joaquim Manuel de Macedo

111. **Fundamentação da Metafísica dos Costumes e Outros Escritos**
Immanuel Kant

112. **O Príncipe e o Mendigo**
Mark Twain

113. **O Domínio de Si Mesmo pela Auto-Sugestão Consciente**
Émile Coué

114. **O Mulato**
Aluísio Azevedo

115. **Sonetos**
Florbela Espanca

116. **Uma Estadia no Inferno / Poemas / Carta do Vidente**
Arthur Rimbaud

117. **Várias Histórias**
Machado de Assis

118. **Fédon**
Platão

119. **Poesias**
Olavo Bilac

120. **A Conduta para a Vida**
Ralph Waldo Emerson

121. **O Livro Vermelho**
Mao Tsé-Tung

122. **Oração aos Moços**
Rui Barbosa

123. **Otelo, o Mouro de Veneza**
William Shakespeare

124. **Ensaios**
Ralph Waldo Emerson

125. **De Profundis / Balada do Cárcere de Reading**
Oscar Wilde

126. **Crítica da Razão Prática**
Immanuel Kant

127. **A Arte de Amar**
Ovídio Naso

128. **O Tartufo ou O Impostor**
Molière

129. **Metamorfoses**
Ovídio Naso

130. **A Gaia Ciência**
Friedrich Nietzsche

131. **O Doente Imaginário**
Molière

132. **Uma Lágrima de Mulher**
Aluísio Azevedo

133. **O Último Adeus de Sherlock Holmes**
Sir Arthur Conan Doyle

134. **Canudos - Diário de uma Expedição**
Euclides da Cunha

135. **A Doutrina de Buda**
Siddharta Gautama

136. **Tao Te Ching**
Lao-Tsé

137. **Da Monarquia / Vida Nova**
Dante Alighieri

138. **A Brasileira de Prazins**
Camilo Castelo Branco

139. **O Velho da Horta/Quem Tem Farelos?/Auto da Índia**
Gil Vicente

140. **O Seminarista**
Bernardo Guimarães

141. **O Alienista / Casa Velha**
Machado de Assis

142. **Sonetos**
Manuel du Bocage

143. **O Mandarim**
Eça de Queirós

144. **Noite na Taverna / Macário**
Álvares de Azevedo

145. **Viagens na Minha Terra**
Almeida Garrett

146. **Sermões Escolhidos**
Padre Antonio Vieira

147. **Os Escravos**
Castro Alves

148. **O Demônio Familiar**
José de Alencar

149. **A Mandrágora / Belfagor, o Arquidiabo**
Maquiavel

150. **O Homem**
Aluísio Azevedo

151. **Arte Poética**
Aristóteles

152. **A Megera Domada**
William Shakespeare

153. **Alceste/Electra/Hipólito**
Eurípedes

154. **O Sermão da Montanha**
Huberto Rohden

155. **O Cabeleira**
Franklin Távora

156. **Rubáiyát**
Omar Khayyám

157. **Luzia-Homem**
Domingos Olímpio

158. **A Cidade e as Serras**
Eça de Queirós

159. **A Retirada da Laguna**
Visconde de Taunay

160. **A Viagem ao Centro da Terra**
Júlio Verne

161. **Caramuru**
Frei Santa Rita Durão

162. **Clara dos Anjos**
Lima Barreto

163. **Memorial de Aires**
Machado de Assis

164. **Bhagavad Gita**
Krishna

165. **O Profeta**
Khalil Gibran

166. **Aforismos**
Hipócrates

167. **Kama Sutra**
Vatsyayana

168. **O Livro da Jângal**
Rudyard Kipling

169. **De Alma para Alma**
Huberto Rohden

170. **Orações**
Cícero

171. **Sabedoria das Parábolas**
Huberto Rohden

172. **Salomé**
Oscar Wilde

173. **Do Cidadão**
Thomas Hobbes

174. **Porque Sofremos**
Huberto Rohden

175. **Einstein: o Enigma do Universo**
Huberto Rohden

176. **A Mensagem Viva do Cristo**
Huberto Rohden

177. **Mahatma Gandhi**
Huberto Rohden

178. **A Cidade do Sol**
Tommaso Campanella

179. **Setas para o Infinito**
Huberto Rohden

180. **A Voz do Silêncio**
Helena Blavatsky

181. **Frei Luís de Sousa**
Almeida Garrett

182. **Fábulas**
Esopo

183. **Cântico de Natal/ Os Carrilhões**
Charles Dickens

184. **Contos**
Eça de Queirós

185. **O Pai Goriot**
Honoré de Balzac

186. **Noites Brancas e Outras Histórias**
Dostoiévski

187. **Minha Formação**
Joaquim Nabuco

188. **Pragmatismo**
William James

189. **Discursos Forenses**
Enrico Ferri

190. **Medeia**
Eurípedes

191. **Discursos de Acusação**
Enrico Ferri

192. **A Ideologia Alemã**
Marx & Engels

193. **Prometeu Acorrentado**
Ésquilo

194. **Iaiá Garcia**
Machado de Assis

195. **Discursos no Instituto dos Advogados Brasileiros / Discurso no Colégio Anchieta**
Rui Barbosa

196. **Édipo em Colono**
Sófocles

197. **A Arte de Curar pelo Espírito**
Joel S. Goldsmith

198. **Jesus, o Filho do Homem**
Khalil Gibran

199. **Discurso sobre a Origem e os Fundamentos da Desigualdade entre os Homens**
Jean-Jacques Rousseau

200. **Fábulas**
La Fontaine

201. **O Sonho de uma Noite de Verão**
William Shakespeare

202. Maquiavel, o Poder
José Nivaldo Junior

203. Ressurreição
Machado de Assis

204. O Caminho da Felicidade
Huberto Rohden

205. A Velhice do Padre Eterno
Guerra Junqueiro

206. O Sertanejo
José de Alencar

207. Gitanjali
Rabindranath Tagore

208. Senso Comum
Thomas Paine

209. Canaã
Graça Aranha

210. O Caminho Infinito
Joel S. Goldsmith

211. Pensamentos
Epicuro

212. A Letra Escarlate
Nathaniel Hawthorne

213. Autobiografia
Benjamin Franklin

214. Memórias de Sherlock Holmes
Sir Arthur Conan Doyle

215. O Dever do Advogado / Posse de Direitos Pessoais
Rui Barbosa

216. O Tronco do Ipê
José de Alencar

217. O Amante de Lady Chatterley
D. H. Lawrence

218. Contos Amazônicos
Inglês de Souza

219. A Tempestade
William Shakespeare

220. Ondas
Euclides da Cunha

221. Educação do Homem Integral
Huberto Rohden

222. Novos Rumos para a Educação
Huberto Rohden

223. Mulherzinhas
Louise May Alcott

224. A Mão e a Luva
Machado de Assis

225. A Morte de Ivan Ilicht / Senhores e Servos
Leon Tolstói

226. Álcoois e Outros Poemas
Apollinaire

227. Pais e Filhos
Ivan Turguêniev

228. Alice no País das Maravilhas
Lewis Carroll

229. À Margem da História
Euclides da Cunha

230. Viagem ao Brasil
Hans Staden

231. O Quinto Evangelho
Tomé

232. Lorde Jim
Joseph Conrad

233. Cartas Chilenas
Tomás Antônio Gonzaga

234. Odes Modernas
Anntero de Quental

235. Do Cativeiro Babilônico da Igreja
Martinho Lutero

236. O Coração das Trevas
Joseph Conrad

237. Thais
Anatole France

238. Andrômaca / Fedra
Racine

239. As Catilinárias
Cícero

240. Recordações da Casa dos Mortos
Dostoiévski

241. O Mercador de Veneza
William Shakespeare

242. A Filha do Capitão / A Dama de Espadas
Aleksandr Púchkin

243. Orgulho e Preconceito
Jane Austen

244. A Volta do Parafuso
Henry James

245. O Gaúcho
José de Alencar

246. Tristão e Isolda
Lenda Medieval Celta de Amor

247. Poemas Completos de Alberto Caeiro
Fernando Pessoa

248. Maiakósvski
Vida e Poesia

249. Sonetos
William Shakespeare

250. Poesia de Ricardo Reis
Fernando Pessoa

251. Papéis Avulsos
Machado de Assis

252. Contos Fluminenses
Machado de Assis

253. O Bobo
Alexandre Herculano

254. A Oração da Coroa
Demóstenes

255. O Castelo
Franz Kafka

256. O Trovejar do Silêncio
Joel S. Goldsmith

257. Alice na Casa dos Espelhos
Lewis Carrol

258. Miséria da Filosofia
Karl Marx

259. Júlio César
William Shakespeare

260. Antônio e Cleópatra
William Shakespeare

261. Filosofia da Arte
Huberto Rohden

262. A Alma Encantadora das Ruas
João do Rio

263. A Normalista
Adolfo Caminha

264. Pollyanna
Eleanor H. Porter

265. As Pupilas do Senhor Reitor
Júlio Diniz

266. As Primaveras
Casimiro de Abreu

267. Fundamentos do Direito
Léon Duguit

268. Discursos de Metafísica
G. W. Leibniz

269. Sociologia e Filosofiia
Émile Durkheim

270. Cancioneiro
Fernando Pessoa

271. A Dama das Camélias
Alexandre Dumas (filho)

272. O Divórcio / As Bases da Fé / e outros textos
Rui Barbosa

273. Pollyanna Moça
Eleanor H. Porter

274. O 18 Brumário de Luís Bonaparte
Karl Marx

275. Teatro de Machado de Assis
Antologia

276. Cartas Persas
Montesquieu

277. Em Comunhão com Deus
Huberto Rohden

278. Razão e Sensibilidade
Jane Austen

279. Crônicas Selecionadas
Machado de Assis

280. Histórias da Meia-Noite
Machado de Assis

281. Cyrano de Bergerac
Edmond Rostand

282. O Maravilhoso Mágico de Oz
L. Frank Baum

283. Trocando Olhares
Florbela Espanca

284. O Pensamento Filosófico da Antiguidade
Huberto Rohden

285. Filosofia Contemporânea
Huberto Rohden

286. O Espírito da Filosofia Oriental
Huberto Rohden

287. A Pele do Lobo / O Badejo / o Dote
Artur Azevedo

288. Os Bruzundangas
Lima Barreto

289. A Pata da Gazela
José de Alencar

290. O Vale do Terror
Sir Arthur Conan Doyle

291. O Signo dos Quatro
Sir Arthur Conan Doyle

292. As Máscaras do Destino
Florbela Espanca

293. A Confissão de Lúcio
Mário de Sá-Carneiro

294. Falenas
Machado de Assis

295. O Uraguai / A Declamação Trágica
Basílio da Gama

296. Crisálidas
Machado de Assis

297. Americanas
Machado de Assis

298. A Carteira de Meu Tio
Joaquim Manuel de Macedo

299. Catecismo da Filosofia
Huberto Rohden

300. Apologia de Sócrates
Platão (Edição bilingue)

301. Rumo à Consciência Cósmica
Huberto Rohden

302. Cosmoterapia
Huberto Rohden

303. Bodas de Sangue
Federico García Lorca

304. Discurso da Servidão Voluntária
Étienne de La Boétie

305. Categorias
Aristóteles

306. Manon Lescaut
Abade Prévost

307. Teogonia / Trabalho e Dias
Hesíodo

308. As Vítimas-Algozes
Joaquim Manuel de Macedo

309. Persuasão
Jane Austen

310. Agostinho - *Huberto Rohden*

311. Roteiro Cósmico
Huberto Rohden

312. A Queda dum Anjo
Camilo Castelo Branco

313. O Cristo Cósmico e os Essênios - *Huberto Rohden*

314. Metafísica do Cristianismo
Huberto Rohden

315. Rei Édipo - *Sófocles*

316. Livro dos provérbios
Salomão

317. Histórias de Horror
Howard Phillips Lovecraft

318. O Ladrão de Casaca
Maurice Leblanc

319. Til
José de Alencar

Série Ouro
(Livros com mais de 400 p.)

1. Leviatã
Thomas Hobbes

2. A Cidade Antiga
Fustel de Coulanges

3. Crítica da Razão Pura
Immanuel Kant

4. Confissões
Santo Agostinho

5. Os Sertões
Euclides da Cunha

6. Dicionário Filosófico
Voltaire

7. A Divina Comédia
Dante Alighieri

8. Ética Demonstrada à Maneira dos Geômetras
Baruch de Spinoza

9. Do Espírito das Leis
Montesquieu

10. O Primo Basílio
Eça de Queirós

11. O Crime do Padre Amaro
Eça de Queirós

12. Crime e Castigo
Dostoiévski

13. Fausto
Goethe

14. O Suicídio
Émile Durkheim

15. Odisseia
Homero

16. Paraíso Perdido
John Milton

17. Drácula
Bram Stoker

18. Ilíada
Homero

19. As Aventuras de Huckleberry Finn
Mark Twain

20. Paulo – O 13º Apóstolo
Ernest Renan

21. Eneida
Virgílio

22. Pensamentos
Blaise Pascal

23. A Origem das Espécies
Charles Darwin

24. Vida de Jesus
Ernest Renan

25. Moby Dick
Herman Melville

26. Os Irmãos Karamazovi
Dostoiévski

27. O Morro dos Ventos Uivantes
Emily Brontë

28. Vinte Mil Léguas Submarinas
Júlio Verne

29. Madame Bovary
Gustave Flaubert

30. O Vermelho e o Negro
Stendhal

31. Os Trabalhadores do Mar
Victor Hugo

32. A Vida dos Doze Césares
Suetônio

33. O Moço Loiro
Joaquim Manuel de Macedo

34. O Idiota
Dostoiévski

35. Paulo de Tarso
Huberto Rohden

36. O Peregrino
John Bunyan

37. As Profecias
Nostradamus

38. Novo Testamento
Huberto Rohden

39. O Corcunda de Notre Dame
Victor Hugo

40. Arte de Furtar
Anônimo do século XVII

41. Germinal
Émile Zola

42. Folhas de Relva
Walt Whitman

43. Ben-Hur — Uma História dos Tempos de Cristo
Lew Wallace

44. Os Maias
Eça de Queirós

45. O Livro da Mitologia
Thomas Bulfinch

46. Os Três Mosqueteiros
Alexandre Dumas

47. Poesia de Álvaro de Campos
Fernando Pessoa

48. Jesus Nazareno
Huberto Rohden

49. Grandes Esperanças
Charles Dickens

50. A Educação Sentimental
Gustave Flaubert

51. O Conde de Monte Cristo (Volume I)
Alexandre Dumas

52. O Conde de Monte Cristo (Volume II)
Alexandre Dumas

53. Os Miseráveis (Volume I)
Victor Hugo

54. Os Miseráveis (Volume II)
Victor Hugo

55. Dom Quixote de La Mancha (Volume I)
Miguel de Cervantes

56. Dom Quixote de La Mancha (Volume II)
Miguel de Cervantes

57. As Confissões
Jean-Jacques Rousseau

58. Contos Escolhidos
Artur Azevedo

59. As Aventuras de Robin Hood
Howard Pyle

60. Mansfield Park
Jane Austen